맛김 현대 판타지 장편소설

WISHBOOKS MODERN FANTASY STORY

# 책 먹는 배우님

# 책 먹는 배우님 5

맛김 현대 판타지 장편소설

초판 1쇄 찍은 날 | 2019년 3월 12일
초판 1쇄 펴낸 날 | 2019년 3월 19일

지은이 | 맛김
펴낸이 | 예경원

기획 | 위시북스
편집책임 | 이규재
편집 | 위시북스

펴낸곳 | 예원북스
등록번호 | 제396-2012-000132호
등록일자 | 2012. 7. 25
KFN | 제1-381호

주소 | 경기도 고양시 일산동구 호수로 646-24 위너스21II빌딩 206A호 (우)10401
전화 | 031-819-9431 팩스 | 031-817-9432
E-mail | yewonbooks@naver.com



ISBN 979-11-6424-179-8 04810
979-11-89701-14-7 (set)


※ 이 도서의 국립중앙도서관 출판시도서목록(CIP)은 서지정보유통지원시스템 홈페이지(http://seoji.go.kr)와 국가자료공동목록시스템(http://www.nl.go.kr/kolisnet)에서 이용하실 수 있습니다.

맛김 현대 판타지 장편소설

5

WISHBOOKS MODERN FANTASY STORY

# 책 먹는 배우님

Wish Books

# 책 먹는 배우님

# CONTENTS

## 1장

# 가슴으로 연기하는 법(2)

시간은 빠르게 흘러 눈부시게 아름다운 봄이 되었다.

내 할리우드행이 결정되었다는 보도들이 쏟아지고, 영화 〈7년의 기억〉이 크랭크인 한지도 벌써 두 달이 훌쩍 지났다.

4월, 거리에는 벚꽃이 흩날리고, 봄 냄새가 만연한 지금.

"오늘 이 장면을 찍기 위해서, 기다리고 기다렸습니다!"

박진우 연출이 이 순간을 위해 미루고 미뤄온 장면.

〈7년의 기억〉의 마지막 촬영이 시작되었다.

누나와의 아름다웠던 추억을 회상하는 '강준'과 '하윤'의 파노라마 컷.

고교 시절, 20대 초반 시절, 그리고 현재.

같은 장소를 바라보는 세 가지 시점을 연기해야 한다.

첫 장면은, 고교 시절.

분장으로 어려 보이게 만든 후, 교복을 입고 가발을 써 두상에 맞게 다시 커트를 거쳤다.

"이게 어떻게 삼십 대야? 교복을 입어도 잘생겼네?"

분장 팀장님이 내 앞머리를 정리하며 능청스럽게 웃었다.

"으음, 팀장님이 너무 젊게 만들어주셔서 그런가?"

나이 서른에 교복을 입다니 색다른 경험이다.

그때, 연출부 세컨드가 나를 향해 달려왔다.

"형님, 준비 끝나셨……. 우와."

"이상해요?"

"아뇨. 너무 잘 어울리십니다."

그런 연출부를 향해 분장 팀장님이 물었다.

"네가 올해 몇 살이지? 스물여덟인가?"

"스물일곱이요."

"재희 봐. 이게 서른이야. 믿기니?"

"아, 팀장님! 재희 형이랑 비교하시면 어떻게 해요!"

나는 쾌활하게 웃었다.

"하하, 준비 끝났으니 시작하시죠."

"네!"

무전기가 번뜩였다.

"자! 슛 들어갈게요!"

나는 벚꽃 나무 아래 벤치 앉아 있다.
담배를 피우고 있던 내 머리 위로 그림자가 생겨난다.
고개를 들어 올리니, 누나가 서 있었다.
"……뭐야?"
누나가 내게 물었다.
"많이 아팠지?"
내 뺨 한쪽이 빨갛게 부어 있다.
"……."
나는 아무런 대꾸도 하지 못했다.
어머니는 없었고, 아버지는 무능력했다. 그게 너무 부끄러웠다. 공부에도 흥미가 없었고, 일탈하듯 항상 집 밖으로 나돌았다. 당연히 집안은 화목하지 못했다.
이런 집안을 돌보는 일은, 온전히 누나의 몫이었다.
'밖에 나가지 말고, 집에 좀 있어.'
내게 충고하던 누나에게.
'시끄러워!'
쓰레기같이 버럭 고함을 질렀더니 아버지가 내 뺨을 후려갈졌다.

철썩!

'누나에게 그게 무슨 개 같은 말버릇이냐!'

'왜 때려 왜! 해준 게 뭐 있다고!'

별안간 소리 지르고 도망쳐 나온 곳이, 인근 아파트 단지 내에 있는 벚꽃 나무 아래 벤치.

누나는 내 손에 들려 있던 담배를 빼앗으며 말했다.

"누가 이런 거 피우래?"

"……."

"피우면 기분이 좀 나아져?"

나는 끝까지 입을 열지 않았다.

누나가 양 볼을 부풀리며 말했다.

"그럼, 나도 한 번 피워볼까?"

그리고 벤치에 올려둔 담뱃갑과 라이터를 들어 올렸다.

내가 눈을 번쩍 떴다.

"뭐하는 짓이야?"

누나는 담배를 한 개비 들어 올리더니, 입에 물고 라이터를 켜기 시작했다.

틱, 티딕.

"야! 너 미쳤냐?"

내가 담배를 황급히 뺏으며 집어 던져 버렸다.

담배 한 개비가 바닥을 구른다.

"미쳤어? 네가 담배를 왜 펴?"

퉁명스러운 내 물음에, 누나가 빙그레 웃으며 말했다.

"그러는 너는? 뭐가 그렇게 힘들어서 담배를 피워?"

내 동공이 지진이라도 난 듯, 흔들린다.

누나가 피식, 웃으며 물었다.

"끊을 거지?"

"……몰라."

밤하늘. 가로등 하나만이 번뜩이는 벚꽃 나무 아래. 그 가로등 불빛이 떨어지는 벚꽃을 비춘다.

배경은 멈추고, 시간만 바뀌었다.

내 담배를 빼앗을 누나는 이제 없고.

어느새 성인이 되어 군 전역 후, 아르바이트를 하고 있는 나 혼자만 벤치에 앉아 있다. 그런 내 손에는, 여전히 담배가 들려 있다.

복잡한 표정으로 담배를 물었다.

"후우!"

뿌연 연기가 입에서 뿜어져 나오고 카메라 앵글이 허공에 떠오른 연기를 따라 틸 업(올라간다) 된다.

허공에서, 떨어지는 벚꽃과 연기가 만난다. 앵글이 다시 아래로 내려오면 어느새, 7년이라는 시간을 흘려보낸 내가 같은 자리에 앉아 있다.

형사가 된 나, '복수'를 끝낸 나.

온몸은 상처투성이다. 눈 위에는 헝겊을 붙이고 있고, 머리에는 붕대를 칭칭 감고 있는 엉망진창의 모습.

하지만, 표정은 그 어느 때보다 밝다.

입에는 여전히 담배가 물려 있지만, 불은 붙어 있지 않다.

입꼬리가 슬며시 올라가고, 이내 중얼거렸다.

"……끊을 수 있다."

드디어.

벚꽃을 타고 흐르는 내레이션.

벚꽃은 어느 꽃보다 아름답지만, 그만큼 빠르게 진다.

마치, 청춘처럼.

또, 내 누나처럼.

"컷! 오오오케이!"

봄이 되고 벚꽃이 질 무렵, 영화 〈7년의 기억〉이 크랭크 업(촬영 종료) 되었다.

"아이고, 이렇게 끝나네."

"다들 수고하셨습니다!"

"재희 씨, 수고했어."

"감독님도 고생하셨습니다."

영화 한 편의 촬영 기간은 보통 2개월에서 6개월까지. 그리고 흔치는 않지만, 길게는 1년도 잡아먹는다. 장르와 로케이션에 따라 조금씩 다르지만, 정확한 연기와 준비된 콘티뉴이티만 존재한다면 보통, 삼 개월 안에 끊을 수 있다.

내가 이제껏 촬영했던 영화들은 모두 그래왔다.

"이거 남은 제작비로 스탭들 보너스 돌려야 하는 거 아닙니까? 한 달이나 당겼는데?"

"하하! 그러게 말입니다."

애초에 4개월 이상을 예상했던 촬영 기간과는 다르게 빨리 찍을 수 있었던 이유.

"에이, 보너스 있으면 재희 씨 드려야죠? NG를 한 번 안 내고 완벽하게 준비해 온 배우는 내, 영화 인생 10년 만에 처음 봐요."

"크으! 그뿐인가? 이번 영화에서 연기력 포텐 제대로 도져 버렸죠?"

스탭들은 내게 공을 돌렸다.

"오늘 소고기 회식입니다! 이것도 일당으로 칩니다! PD님께 허락 맡았으니 무조건 참석하세요, 불참자는 없습니다. 하하!"

촬영 종료 이후, 술자리가 이어졌다.

뜨끈한 찌개와 치이이익! 불판 위를 가득 메운 야키니쿠에 사케와 소주를 곁들여 마셨다. 우리는 술이 얼큰하게 취할 때까지, 영화 이야기를 나누었다.

"영화 어떻게 될 것 같아요?"

"느낌 좋은데요? 그러니까, 이렇게 어마어마한 배우들이 참여했지!"

영화 <7년의 기억>.

이야기의 시작은, 뻔한 신파의 형태를 취한다.

가난한 집이 싫었던 아들, 씩씩한 누나, 무능력한 아버지.

그러던 어느 날 누나가 갑자기 실종되고 누나의 흔적을 찾아 방황한다. 죽었을지도 모른다는 경찰의 말에 분노하고, 아무것도 할 수 없는 현실에도 분노한다.

그렇게 몇 달……. 시체가 발견된다. 누나로 추측만 할 뿐. 장기고 뭐고, 아무것도 찾아볼 수가 없는 참혹한 상태로.

영화의 큰 줄기는 사라진 누나를 찾기 위해 아들이 형사가 되고, 아버지는 7년간 매일 경찰서 앞에서 시위를 하다, 7년 방황의 종지부를 '복수'라는 형태로 마무리하는 범죄 스릴러지만.

남보다 못했던 아버지와 아들. 그 사이를 유일하게 이어주던 누나라는 가족이 사라지고 난 뒤, 남겨진 아버지와 아들이 '가족'이라는 이름으로 새롭게 재구성되는 의미를 갖는다.

가벼운 마음으로 영화를 보러 극장을 찾았다가, 제법 진지한 고민을 안고 나오게 만드는 영화. 이런 영화들은, 으레 흥행은 되도 전문가들에게는 외면받게 마련이지만.

"스틸 촬영했던 기사들 평도 대체로 호의적이에요."

"맞아요. 기자 시사회 때, 혹평만 피하면 흥행 가능성은 높잖아요."

영화사 <너울>의 운명이 걸려 있기 때문에 노골적으로 흥행을 노린 상업영화로 만들었지만, 박진우 연출의 기본 영화색은 남아 있다.

아직까지는 느낌이 좋다.

그때, 설강식 선배님이 나를 부르셨다.

"재희, 일루 와봐."

"네, 선배님."

내가 설강식 선배님 옆자리로 이동했다.

선배님이 물으셨다.

“다음 주에 미국 간다고?”

“네.”

내 <7년의 기억>은 여기서 끝이다. 이제, 언제가 될지 모를 개봉 결과만을 기다리며 이제 미국으로 향한다.

더 높은 도약을 위해서.

“가기 전에, 내 부탁 하나 들어주고 가.”

“부탁이요?”

“응, 별건 아니고.”

나를 물끄러미 바라보시는 설강식 선배님이 가방에서 주섬주섬 무언가를 꺼내 드셨다.

꺼내 드신 것은 <7년의 기억> 대본 한 부였다.

“가기 전에 여기 사인 하나 해주고 가.”

“예?”

사인?

내가 되묻자, 선배님은 민망하신지 웃음을 터뜨리셨다.

“그래. 우리 딸내미가 재희 팬이야. 푸흐흐흡.”

“……아.”

“아비가 재희랑 같은 영화에 나온다니까, 사진 찍어오라고 난리야 아주. 미루다, 미루다 이제야 부탁하네.”

아아.

나는 웃으며 답했다.

"당연히 해드려야죠."

카운터에서 펜을 건네받아 사인을 마쳤다. 그리고 처음으로 선배님과 단둘이 셀프 카메라로 사진을 찍었다.

"아, 아냐. 이거 지우고 다시 찍어, 다시."

"푸흡, 네. 다시 찍겠습니다."

"앗! 두 분만? 저도! 저도 같이 찍어요!"

"어? 나도 나도!"

그러고 보니, 동료 배우들과 개인 카메라로 사진을 찍은 것은 이번이 처음이다.

사진이라고는 언론 보도용으로 찍은 단체 사진이 전부.

이제껏 '인간 도재희'가 아니라, '배우 도재희'로 주변인들에게 머문 데에는 다 이유가 있는 법 아니겠는가.

문자로 전송받은 사진을 내려다보시던 설강식 선배님이 내 어깨를 두드리셨다.

"웃으니까 보기 좋네."

"……."

아! 이 느낌. 이제는 확실히 알 것 같다.

나는 장난스럽게 말했다.

"선배님, 저도 사인 한 장만 부탁드립니다."

"응? 누가 내 팬이야?"

"네."

"누구? 어머님?"

"아뇨. 저요."

"……뭐?"

"푸하하!"

우리는 동시에 웃음을 터뜨렸다.

"짜식이! 됐어. 안 볼 사람처럼? 그냥 나중에 한국 들어오면 살갑게 소주나 한잔 사주십시오. 전화나 한 통 해."

"하하! 네, 선배님."

일상의 모든 감정을 '간직'해야만 배우가 된다.

꽤 유명한 이야기가 하나 있지 않은가.

어머니의 죽음에 슬퍼하는 배우. 상복을 입고 상주가 되어 조문객들에게 절을 할 때도.

'호상이야.'

누군가 말한 호상이라는 말에 죽음에 좋고 나쁨이 어디 있냐며 속으로는 욕지기를 내뱉지만, 겉으로는 쓴웃음을 지어야만 하는 상황들에서도 그 당시의 모든 감정을 마음속에 고이 간직해야, 진짜 배우가 된다고.

잔인하지만. 아, 이때의 감정은 이렇구나.

이렇게나 손끝이 파르르 떨리는구나.

슬픔이 너무 넘쳐, 숨 쉬지 못할 정도로 헐떡일 때의 호흡은 이렇구나.

100% 순수하게 슬퍼하지 못하고 자꾸만 계산하게 되는 스스로가 너무 혐오스러워 견디기 힘들었다고.

그 배우는, 지금 전 국민이 믿고 보는 배우가 되었다.

'삶에 연기가 있다.'

설강식 선배님의 이 조언은, '책'과 '욕심' 속에서만 연기했던 내 배우 생활을 되돌아보는 계기가 되었다.

맞는 말이다. '삶' 속에서 얻어낸 배움으로, 할리우드 오디션에서 합격을 맛보았던 '결과물'도 있지 않은가.

그 뒤, 내 생활에는 조그만 습관이 하나 생겼다.

평소 내 일상을 기록하고, 책 속에 존재하던 내 삶과 비교해 본다.

보다 더 진실 된 연기를 위한 훈련.

그리고 나는 이제.

조금 더 높은 곳을 위해 도약하려 한다.

나는 국제우편으로 도착한, 〈아다지오〉의 영어 대본을 내려다보았다.

'JaeHee Do'. 내 이름이 한 귀퉁이에 적혀 있고, 큼지막한 음표 그림 안에 유명 할리우드 배우, 존 미켈의 얼굴이 모노 모자이크 톤으로 처리되어 그려져 있다.

한눈에 보기에도 고급스러운 대본.

그 대본이 내게 물었다.

**[흡수하시겠습니까?]**

나는, 고개를 끄덕였다.

··· 2장 ···

# 재희야, 한국 돌아가자

〈아다지오〉. 음악 용어로 '천천히'를 뜻하는 이 영화.

미국영화에서 흔히 볼 수 있는 옵티미즘(optimism, 낙관주의) 형식을 띠고 있는 작품.

말 못 하는 천재 송라이터, 동양인 보컬, 아웃사이더 드러머, 서번트 증후군을 가진 키보더, 가난에 허덕이는 베이시스트 등. 인종, 나이, 고향을 막론하고 모인 어딘가 부족한 청춘들의 느리지만 희망찬 '도전'을 그리고 있다.

그리고 그 도전에 대한 보상 역시 '달달'하지도 '씁쓸'하지도 않는, 전형적인 음악영화의 구조를 지니고 있다.

시나리오 점수는.

[65/100](+21)

참담할 정도로 낮은 완성도. '할리우드', '폴 안토니' 감독이라는 키워드가 아니었다면 반드시 걸렀을 만큼 낮은 점수의 영화다.

그런데 성장 가능성을 보여주는 수치는 이상하게도 압도적으로 높았다.

하지만 이제껏 '+' 수치는 유동적인 모습을 보여왔고, 결과는 21보다 현저하게 부족할지도 모른다. 즉, 소위 말하는 '대박'은 아닐 것이다.

'폴 안토니' 감독이 전작만큼이나 제대로 만들지 못할 것이라는 사실은 이제 '팩트'라고 볼 수 있다.

하지만.

"……."

연출만큼이나 중요한 '음악'을 담당하는 그녀의 손이 닿기 전의 수치들. 내가 '엘라니 오코너'의 노래를 불렀을 때 이 영화의 가치가 얼마나 올라갈지에 대한 부분은 섣부르게 예측할 수 없다.

단순히 텍스트로 설명할 수 없는, 그 어떤 것들이 존재할 것이다. 일전에 LA의 레스토랑에서 들었던 그녀의 음악은, 확실히 좋았다.

영화의 따뜻한 온도에 적절하게 맞아떨어지는 배색.

주인공이 바라보는 회색빛 도시 LA에 대한 감상.

머릿속이 궁금해지는 보랏빛 음악들.

여전히 머릿속에 자리 잡고 있는 멜로디 라인을 따라 흥얼흥얼거리며 나는, 자리에서 일어났다.

창밖을 보니 벌써 어둑어둑해져 있다.

그리고 옷방 구석에 서 있는 캐리어를 바라보았다.

"슬슬, 짐을 싸볼까."

이제, LA로 출발할 시간이다.

저번 일정과는 다르게 이번 방미 일정에서는 도재희 크루의 인원이 확실히 간소화되었다.

한국에서 출발하는 인원은 총 4명.

동시 통역사는 UAA에서 준비될 예정이고 나와 재익이 형, 영미 씨.

이렇게 고정 멤버 3명에 한 명이 더 추가되었다. 미국에서 전반적인 내 헤어, 메이크업을 모두 챙겨 줄.

"초희요."

"……아. 네."

메이크업 아티스트 초희 씨. 나이는 어리지만, 경력은 이미 웬만한 '실장급' 부럽지 않다는 그녀는, 겉으로 보기에는 영미 씨와 닮은 점이 많았다.

둘 다 작은 키를 가지고 있었지만, 홍대 피플 기를 다 죽여버릴 것만 같은, 현란하고 치렁치렁한 패션 센스부터 명품을 좋아하고, 염색을 좋아한다는 공통점.

"저 원래 여기 있을 급이 아니에요. 열여덟 살에 시작해서 청담에서 몇 년을 굴렀는데. 걱정하지 마세요."

거기다, 어마어마한 자신감까지.

"하하, 네."

그래, 프로는 일만 잘하면 되지.

초희 씨는 영미 씨와 죽이 잘 맞는지 첫 만남부터 껌을 질겅질겅 씹으며 선글라스를 끼고 한껏 여유를 부렸다.

재익이 형이 그런 초희 씨를 보며, 짓궂게 말했다.

"누가 보면 초희 씨가 배우인 줄 알겠어요?"

"네? 저 예뻐요?"

"……아뇨. 선글라스 벗으라고요. 비행기 안에서 선글라스는 왜 끼고 있어요? 뭐가 보이긴 해요?"

"……어?"

초희 씨가 화들짝 놀라며 눈가로 손을 올렸다. 그리고 선글라스를 벗으며 눈을 끔뻑끔뻑했다.

"아, 어쩐지."

"……."

'어쩐지?' 뭐야, 모르고 있었던 거야? 캐릭터 이상해…….

어쨌든, 이번에 다시 찾는 LA는 총 열흘짜리 일정이다.

본격적인 촬영에 들어가는 것은 아니고, 엘라니 오코너 프로듀서의 보컬 레슨과 밴드 마스터 휘하 합주 트레이닝이 잡혀 있다.

본격적인 '밴드'의 그림을 그려보며 촬영 전, 모든 '합'을 맞춰 놓을 예정. 거기다 포스터 촬영과 투자자 미팅도 예정되어 있으니 여유 있는 여행이라 생각한다면 오산이다.

"도착하면 할리우드 크루들이랑 절대 잡담하지 말아요. 알았죠?"

재익이 형이 영미 씨와 초희 씨에게 신신당부했다.

괜히, 어설프게 친해져서 얕보이지 말라는 조언. 가끔 스탭들 간의 문제가 촬영장 분위기에 발목을 잡기도 하니, 으레 있는 말들이다.

하지만 영미 씨가, 무슨 말 같지도 않은 소리를 하냐는 투로 말했다.

"저기 실장님."

"응?"

"말이 통해야 말을 하죠."

"……."

재익이 형이 멋쩍은 듯 고개를 끄덕였다.

"아, 그러네?"

LA에 도착했다. 오랜만에 마주한 UAA 에이전트 빌은 양손을 높이 들어 올리며 나를 반겨주었다.

"오! 환영합니다. 재희."

나는 빌의 손을 마주 잡았다.

"고마워요."

그러자 빌이 진지한 얼굴로 말했다.

"지난번에도 말했지만, 난 재희가 붙을 줄 알았어요. 이렇게 빨리 다시 보게 되어 너무나 기뻐요."

"……."

아닐 텐데.

분명 이들은 '미야모토 료'가 붙기를 기대했을 것이다.

하지만 그런 불편한 감정을 여기서 드러내서 뭐하겠는가.

누가 붙던 UAA는 이득이고, 나 역시 앞으로 함께 가야 할 운명 공동체에 섭섭함을 드러낼 필요는 없다.

"출발하죠."

가식적인 영업용 미소를 짓고, 우리는 밴에 올라탔다.

물론, 이들의 일 처리가 미흡하다든지, 내게 불신을 심어주는 순간 내가 아니라도 재익이 형이 먼저 따져 물을 것이다.

공과 사는 확실한 사람이니까.

하지만, 적어도 지금은 아니다.

우리는 차에서 내리자마자 입을 쩍, 벌리고 말았으니까.

"이곳이 하이마운트 측에서 제공한, 출연 배우들 장기 숙소입니다."

"꺅!"

영미 씨는 신난다는 듯 소리를 질렀다.

할리우드 스케일이라니.

앞으로 미국 일정 내내 묵게 될 숙소는 호텔이 아니었다. 일종의 펜션, 혹은 별장, 배우 둘 셋과 그의 크루들이 함께 머무는 일종의 쉐어 하우스.

하지만, 어지간한 호텔보다는 넓고 쾌적하다.

빌이 말했다.

"하이마운트에서 배우들을 위해 마련한 렌트 하우스예요. 하지만, 촬영 기간에 여기서 주무실 일은, 아마 별로 없을 겁니다."

"왜죠?"

"재희 전용 트레일러가 있으니까요."

"……아."

캠핑 트레일러. 촬영 시간 동안 배우나 스탭이 잠시 쉴 수 있도록 만든, 매우 협소하지만, 누울 수 있는 침대가 존재하고 TV와 냉장고도 있는 원룸형 컨테이너.

국내에도 존재한다.

하지만 국내에서는 생각보다 보급이 잘 되어 있지는 않다. 관리의 문제도 있고, 수도 적다. 워낙 촬영 일정이 빡빡하게 돌아가기에 대부분 차에서 잠시 쉬는 것이 전부.

하지만.

"할리우드의 트레일러 시스템은 누구도 따라올 수 없죠."

기대해도 좋다고 한다.

"재희 트레일러를 트럭에 싣고 촬영 내내 재희를 따라다닐 겁니다. 언제든 쉴 수 있도록."

"……."

이거, 기대되는데.

확실히 할리우드 대우가 남다르다는 것을 느낀 것은 마치, 빨래나 세탁 등을 우리가 해야 할 것 같은 자취 공간 느낌이지만 일하시는 전용 홈헬퍼들이 존재한다는 점이다.

예약할 경우, 정해진 시간에 식당으로 내려오면 식사가 차려진다.

영화에 출연하는 주, 조연 대접도 무슨 왕자님 공주님 수준인데, 하물며 걸어 다니는 대기업인 잘나가는 '할리우드 스타'들은 어떨까?

"……."

흐음, 모두 상상해 보기엔 내 상상력이 너무 빈약하다.

"좀 쉬었다가, 오늘 저녁은 여기서 먹는 게 어때요?"

내 제안에 재익이 형이 말했다.

"그거 좋지. 내일 노래하려면 오늘은 푹 쉬어야지."

그러고는 영미 씨와 초희 씨를 바라보며 말했다.

"들었죠? 술도 안 되니까, 어디 가서 술 사 올 생각 꿈에도 말아요."

그러자 영미 씨의 얼굴이 굳어진다.

"……쳇."

아무래도 미국에 온 기념으로 고주망태가 될 때 위스키를 까지 마실 계획이었던 모양이다.

어이, 이봐요! 우리 놀러 온 거 아니라고.

이미 한 번 와본 LA라 그런가, 할리우드 사인을 보고도 별다른 감흥이 들지 않는다. 매일 같이 지나치는 63빌딩이나 한강, 그 풍광이 그다지 놀랍지 않듯 자연스럽게 LA에 녹아들었다.

다음 날 아침, 우리는 UAA 밴을 타고 할리우드 북쪽에 위치한 스튜디오 시티(Studio City)로 들어섰다.

강남의 신사동을 연상케 하는 작고 예쁜 건물들이 블록마다 줄지어 늘어서 있었는데, 모두 카페, 식당, 촬영을 위한 대관장소 혹은 스튜디오였다.

인근에는 하이마운트 픽처스를 비롯해 유니버셜, 디즈니, 드림웍스 등. 유수의 영화, 애니메이션 제작회사가 존재하고 유명인들이 많이 거주하는 동네. 이곳에 하이마운트 측에서 준비한, 트레이닝 스튜디오가 있다.

“우와! 도시 전체가 그냥 영화를 위해 만든 거 같아요.”

초희 씨의 순수한 감탄에 내가 고개를 끄덕였다.

“그러니까요.”

어렸을 적 보던 애니메이션의 한 장면들이 떠오른다.

온통 기계로 만들어진 메카닉 시티나 동물들이 모여 사는 마을.

도시 분위기 자체가, 예술가들을 위해 존재하는 곳 같다.

마틴 스튜디오(Martin's Music). 오늘 나와 엘라니 오코너, 그리고 영화에 출연하는 배우들이 모일 장소.

“한 시간 여유가 있으니, 식사부터 할까요?”

“그러시죠.”

점심을 위해 조금 일찍 숙소에서 나왔기 때문에 우리는 마틴 스튜디오 맞은편에 위치한 브런치 카페로 들어섰다.

카페 안에 작은 정원이 예쁘게 꾸며진 곳이었다.

“주문은 제게 맡기세요.”

자주 와본 곳인 듯, 에이전트 빌이 자신 있게 음식을 주문했고 우리 크루는 테이블에 앉아 기다렸다.

가게 분위기는 조금 붕 떠 있는 분위기였다.

테이블은 사람들로 가득했고, 다수가 1인 혹은 2인 테이블이었음에도 웅얼웅얼 떠드는 소리가 들려왔다.

“I remember, she used to come home and tell us stories about being abroad…….”

“my aunt used to live in paris.”

주변에 있던 다수의 사람이 음식이나 커피를 마시며 혼자 중얼거리고 있었다.

귀에 이어폰을 꽂거나 한 것도 아니다. 마치, 미친 사람처럼 혼자 중얼중얼 떠들고 있는, 한국에서 보기 힘든 생소한 모습에 영미 씨가 얼굴빛을 바꾸며 말했다.

“다들 왜 저래요?”

“……그러게요.”

나도 궁금해요.

그때, 주문을 마치고 온 빌이 영수증을 흔들며 대수롭지 않게 말했다.

"오늘 이 근방에서 오디션이 있나 보군요."

"네?"

"오디션이요."

오디션?

"아, 그럼 전부 배우들이에요?"

대사를 외우고 있는 것이다?

순수한 내 물음에 빌이 당연하다는 듯 말했다.

"네."

그리고 얼굴을 당기며 조언했다.

"할리우드에서 혼자 중얼중얼 대사를 외우는 사람들을 자주 보게 될 겁니다. 왜냐면요."

"……."

"이곳에 사는 사람들 절반은 배우 지망생들이니까요."

또 그중, 절반은 현장 관계자.

내가 놀랍다는 듯 눈을 크게 뜨자, 빌이 새삼스레, 간질거리는 목소리로 말했다.

"여기가 영화의 땅이라는 사실을, 다시 인지시켜 주어야겠군요."

영화의 땅. 전 세계 각지에서 모여든 배우들. 길거리를 거니는 다수의 모든 사람이 내 잠재적인 경쟁자들.

할리우드에 사는 사람 절반은 배우 지망생이라더니.

하하, 새삼 여기가 한국이 아니라는 것이 실감이 난다.

불편해서 밥은 제대로 먹겠어?

"긴장되나요?"

빌의 질문에 내가 입꼬리를 올렸다.

"……재밌는데요."

유명 배우들의 사저와 그들의 작업실이 주로 위치해 있다는 스튜디오 시티. 그 중심 블록에 자리 잡은 마틴 스튜디오에는, 이미 엘라니 오코너를 포함한 밴드 '아다지오'의 배우들이 모두 한자리에 모여 있었다.

내 등장에 시끌벅적하던 내부가 조금 조용해진다.

"어서 와요! 재희!"

엘라니가 내 앞으로 달려와 내 옷깃을 잡아 이끌었다.

그렇게 앞으로 불러들여 앉아 있는 배우들을 한 명 한 명, 내게 소개하기 시작했다.

"이쪽은 미켈……."

음, 엘라니. 챙겨주는 건 고마운데요.

여기 모인 모두는 딱히, 소개할 필요 없는 배우들이다.

영화의 주연을 맡은 존 미켈. 아역으로 데뷔해 아홉 살부터 필모그래피를 쌓아온 차세대 할리우드 스타. 그의 얼굴은 이미, 스크립트(대본) 메인에 장식되어 있다.

또, 각각 드러머와 베이시스트를 맡은 두 배우는 모두 폴 안토니 감독의 전작 〈포스팅 피아노〉에 출연한 적 있는 배우들로 음악과 연기를 오가며 다재다능한 능력을 증명한 자들이다.

적어도 이 스튜디오 안에서 할리우드에 아무런 연고도 없는 사람은, 오직 나뿐이다.

“엘라니. 오히려, 제 소개를 먼저 해야겠는데요.”

내가 능청스럽게 웃으며 사람들을 향해 인사했다.

“반갑습니다. 한국에서 온 ‘재희’라고 합니다.”

그래.

이곳에 있는 배우 중 나를 아는 사람은 아무도 없다.

하지만 그때, 아주 의외의 얼굴들이 자리에서 일어나며 내게 손을 흔들었다.

“제이!”

“제이가 아니라 재희야. 재희! 오랜만이에요!”

너무나 친근한 얼굴들.

“……어라? 샘?”

샘, 행거, 아리아나.

대략 6개월 전. 런던에서 보았던, 내 뮤지컬 트리오들.

당신들이 여기 왜 있어?

내가 엘라니 오코너를 바라보자, 어깨를 으쓱였다.

"재희 추천 이후에 UAA에서 섭외하느라 엄청 공들였다고 들었어요. 웨스트엔드 공연 스케줄 조정하느라."

……뭐라고, 웨스트엔드?

"그, 그게 정말이에요?"

내 시선들이 다시 샘, 행거, 아리아나에게 향했다.

그들은 나를 보고 후후훗, 하고 웃고 있었다.

그래. 분위기가 많이 바뀌어 있었다.

의상도 전보다 세련돼 보이고, 지난 6개월 사이에 도대체, 무슨 일이 있었던 거지? 웨스트엔드 자리를 잡은 거야?

그야말로 '깜짝 선물'이다.

엘라니 오코너가 말했다.

"으음, 자세한 이야기는 나중에 하도록 하고. 우선 다 오셨으니 저희 영화의 음악 소개부터 하도록 하죠."

그 말에, 나는 고개를 끄덕이며 웃어 보였다.

그리고 비어 있는 자리로 가서 앉으려 했다.

샘, 행거, 아리아나의 옆자리로.

그런데.

"……."

내가 복도를 지나가자, 근처에 앉아 있던 영화의 주연배우 존 미켈이 황급히 코를 막으며 얼굴을 찌푸렸다.

"……"

뭐야?

잘못 본 줄 알았다. 너무 어처구니가 없어서.

그래서 순간, 못 본 척할까도 했지만.

"……"

내 발걸음이 그대로 멈추고, 시선은 존 미켈을 향했다.

눈빛이 싸늘해지는 것은 어쩔 수가 없다.

변화된 기류를 알아본 엘라니가 물었다.

"재희, 무슨 일 있어요?"

존 미켈이 고개를 뒤로 돌리더니, 나를 마주 보았다.

"아, 반가워요. 재희."

그는, 아무 일도 없던 것처럼 조용히 넘어가려는 듯했다.

존 미켈은 신사적인 얼굴로 인사했지만, 딱 거기까지.

"……"

하지만, 이미 내가 봐버렸고 물은 엎질러졌다.

조승희가 우려했던 일은, 아주 가까이에 있었다.

나는 몸을 돌려 존 미켈에게 다가갔다.

그리고 의자에 늘어지듯 앉아 있는 존 미켈에게 말했다.

"하고 싶은 말이 있으면, 말로 해요."

"……"

"유치하게 그러지 말고."

그리고 현장은, 뒤집어졌다.

존 미켈이 얼굴을 붉혔고 슬쩍 엘라니 오코너의 눈치를 살피더니 자리에서 벌떡 일어났다.

그는 매우 흥분한 듯 보였고, 존 미켈의 에이전트가 달려와 팔을 붙잡고 만류했다.

준비되어 있던 일정은, 진행되지 못하고 중단되었다.

"LA에 한인 타운도 있잖아요. 어떻게 대놓고 이럴 수가 있죠? 제가 가서 발이라도 콱 밟아버릴까요?"

영미 씨는 본인이 더 화가 치민다는 듯 눈을 부라렸다.

할리우드 내에서는 이미, 존 미켈의 글러 먹은 인성에 대해 소문이 자자했다.

"18세에 마리화나? 요새 미국 몇몇 주에서 합법화한다는 얘기가 있긴 하지만, 이건 아니잖아."

"SNS 동양인 비하 발언으로 이미 몇 년 전에 뭇매를 맞았었어요. 아직도 그 습관을 못 고쳤네."

마리화나, 동양인 관련 구설수, 섹스 스캔들. 여전히 마약을 하느니 마느니. 한국에서도 수집했던 정보였으나, 모두 존 미켈이 10대 때 있던 논란들이다.

하지만 10년이 넘게 흘렀는데도 사람은 역시 쉽게 바뀌지 않는다.

존 미켈. 어렸을 적부터 다져진 필모그래피. 고정적인 팬층. 소녀들의 탄성을 불러일으키는 그의 곱상한 외모는, 글러 먹은 인성 문제 따위를 커버하며 지금의 자리를 유지하게 만들었다.

에이전트 빌이 미안한 얼굴로 말했다.

"재희, 미안해요. 하지만 존 미켈이 유독 동양인에 대해 편견이 심하다는 사실은 할리우드 전부가 알고 있어요. 그 문제로 욕도 많이 먹었고. 그러니, 적당한 선에서……."

재익이 형은 화가 머리끝까지 나버렸다.

"그런 자식이 동양인이 함께 출연하는 영화에 왜 나오냐고! 적당한 선? 이게 어디 하루 이틀 작업하고 끝날 일인가요? 확실히 정리해야지! 그대로 통역해 줘요."

재익이 형 말마따나, 동양인에 대한 편견이 유독 심하다는 존 미켈이 동양인의 비중이 큰 영화에 나오는 이유. 아마, 스스로 우월감을 느끼고 싶어서겠지.

'나는 이만큼 잘나가는데 너는…… 뭐야?'

내가 물었다.

"그래서, 미켈은 뭐래요?"

에이전트 빌이 당황한 얼굴로 말했다.

"실제로 미켈은, 한국에서 재희의 영향력이 얼마나 대단한지 몰라요."

"그것 말고. 내 말에 대해서 뭐라고 했냐고요."

할 말이 있으면, 말로 해라. 유치하게 굴지 말고.

에이전트 빌이 대답하기 난처한 듯 말했다.

"……자신에게 무례하게 군 것에 대해, 사과받기를 원하고 있어요."

"……."

말이 안 통하는군.

"사과? 하! 어이가 없어서."

영미 씨가 중지를 치켜들었다.

"사과 대신, 이거나 처먹지그래!"

재익이 형이 얼굴을 딱딱하게 굳혔다. 그리고 단호하게 말했다.

"아니, 나 이런 환경에선 너 일 못 시켜, 아니, 안 시켜. 존 미켈? 그 새끼가 뭐 얼마나 대단하다고 그래?"

그리고 내게 초강수를 던졌다.

"재희야, 한국으로 돌아가자."

"……."

그 말에 에이전트 빌의 얼굴이 사색이 되었다.

"노, 노……. 안 돼요."

엘라니 오코너를 비롯한 폴 안토니 감독이 긴급하게 하이마운트에 모였다.

일전에 오디션에 참관했던 하이마운트 배급팀장과 제작자들. 투자자 대표까지. 존 미켈과 도재희 사이에서 있었던 소란에 대한 긴급회의였다. 회의의 창끝은, 제법 매서웠다.

"명백히 존 미켈이 잘못했죠."

모든 것을 직접 눈으로 보았던 엘라니 오코너가 단호하게 말했다.

"이런 문제는 외부로 나가면, 오히려 존 미켈에게 불리해요. 아니, 미켈뿐인가요? 저희가 다 죽어요. 평화, 화합. 이게 영화 '아다지오'의 이미지인데, 모르긴 몰라도 영화에도 타격이 클걸요?"

말을 전해 들은 폴 안토니 감독이 고개를 끄덕였지만, 괴로운 듯 머리를 벅벅 긁으며 말했다.

"제 실수입니다. 존 미켈의 외적인 이미지를 너무 원한 나머지…… 이런 일을 예상하지 못했어요. 아니, 예상하기 싫었던 걸지도 모르겠네요."

폴 안토니 감독의 솔직한 토로에, 투자자 대표가 불쾌한 의사를 내비쳤다.

"그래서, 이제 와서 뭐 어떻게 하겠다는 겁니까?"

"제가 반드시 분위기를 바로잡고……."

"어떻게요?"

둘 중 한 명이 고개를 숙여야 끝날 문제다.

하지만, 누군가에게 사과를 강요할 수도 없는 문제.

그때, 노크 소리가 들려왔다. 문이 열리며, 하이마운트의 여비서 한 명이 안으로 들어섰다.

"무슨 일이죠?"

배급팀장의 질문에, 비서가 말했다.

"손님이 오셨습니다."

"손님? 누구요?"

"존 미켈 씨입니다."

"……."

모두의 얼굴에 긴장감이 스쳤다.

존 미켈, 방금까지 화두에 오르내리던 할리우드 배우가 직접 행차하셨다.

"……들어오라고 해요."

말이 끝나기가 무섭게, 문이 다시 열리며 존 미켈이 안으로 들어섰다. 불쾌한 기색이 역력한 얼굴로 사무실로 들어선 존 미켈은 대뜸 빈 소파에 앉더니, 비서에게 말했다.

"커피 한 잔 부탁해요."

"……."

그리고 셔츠의 넥타이를 헐겁게 풀어헤치며 말했다.

"못 하겠네요."

"……뭘?"

못하겠다고? 뭘 못 하겠다는 말인가? 설마, 영화를?

그 말이 주는 파장은 상당했다.

폴 안토니 감독이 화들짝 놀라며 물었다.

"뭘 못 하겠다는 말이죠?"

존 미켈이 불쾌하다는 듯, 눈을 부라렸다.

"이번, 영화요."

존 미켈이 초강수를 두었다.

"그 동양인 배우. 뭐가 그리 잘났는지는 모르겠는데, 불쾌해서 같이 못 하겠다고."

"아니, 갑자기 그게 무슨 말입니까! 투자까지 끝난 영화에 발을 빼겠다니!"

"잠시만. 이건 이렇게 감정적으로 나설 문제가 아니야."

존 미켈이 예상했다는 듯, 비릿하게 웃으며 말했다.

"그럼 선택해요. 난지, 그놈인지."

…….

모두가 말을 잇지 못했다.

고작 조연 하나 죽이겠다고 이렇게 나올 줄이야.

하지만 배 째란 식으로 나와도 할 말이 없다. 존 미켈이라는 이름으로 끌고 온 투자자만 몇 명인가.

"정말 이렇게까지 해야겠어요?"

엘라니가 차갑게 물었다.

그러자, 존 미켈이 사근사근한 목소리로 말했다.

"죄송하게 되었습니다."

"……."

분위기가 거칠어졌다.

"에어컨을 틀어야겠군."

하이마운트의 팀장이 더운 듯 자리에서 일어났다. 그리고 존 미켈에게 말했다.

"우선 알겠으니, 나가서 커피라도 한잔하고 오지그래."

존 미켈이 고개를 끄덕였다.

"그러지요."

그리고 밖으로 나갔다.

존 미켈이 휘몰아친 폭풍 이후, 사무실은 놀랄 만큼 조용했지만 저마다 머릿속으로는 시뮬레이션을 돌리고 있었다.

존 미켈이 나가든, 도재희가 나가든.

어느 쪽 손실이 클까. 또 구멍을 메우려면, 어떤 방법을 취해야 할까.

누구 하나 쉽게 입을 열지 못하던 그때 영화사 하이마운트의 기획 담당 PD가 말했다.

“조심스러운 의견이지만……. 재희라는 배우, 포기하기에는 너무 아쉬워요.”

“응?”

“오디션 영상을 봤는데. 이런 배우 다시 찾기 힘들어요. 거기다, 영화 ‘양치기 청년(Liar man)’ 들어보셨어요?”

“어? 어디서 들어봤지?”

“지난해 선댄스에서 월드시네마 필름 상을 받은 한국 작품이에요. 그 영화에 주연으로 참가했고요.”

“아, 그렇지. 프로필에서 봤었지 참.”

“네. 또 조셉 이든 캣맨이 극찬했던 배우죠.”

“누구? 이든이?”

조셉 이든 캣맨. 선댄스 영화제의 진행을 보았고, 도재희를 보고 감탄했던 그 배우. LA 스튜디오 시티에 거주하는 할리우드 ‘톱스타’의 이름이 거론되자, 분위기가 반전되었다.

“정말?”

“네. 이든 캣맨이 전에 한 동양인 배우에 대해 얘기한 적이 있었어요. 자기가 만드는 영화에 꼭 쓰고 싶은 배우라고. 뒤늦게 안 사실이지만, 그 배우가 바로 재희였죠. 이번에 재희가 저희와 작품을 같이하게 되면서 꽤 반가웠는데……. 이런 일로…….”

"그 재희라는 배우도 성질이 보통이 아닌데? 존 미켈이 심술 좀 부렸다고 바로 받아치다니."

"참을 걸 참아야죠. 요즘, 차별 문제로 분위기가 얼마나 뒤숭숭한데."

"폴, 감독 의견은 어때요?"

"후우. 모르겠습니다. 확실한 것은, 재희를 포기하고 싶지는 않아요. 그런 배우, 다시 못 찾습니다."

도재희를 포기하고 싶지 않다, 하지만 그건 존 미켈을 포기하겠다는 말이나 다름없으니 조심스러울 수밖에 없다.

"젠장, 골치 아프게 되었군."

길어질 것 같던 회의가 정리되기 시작한 것은 모두의 머릿속에 공통된 생각이 들기 시작했기 때문이었다. 지금 당장 대체 불가능한 배역은 존 미켈이 아니라 도재희다.

지금 당장, 동양인 스타를 어떻게 구해온다는 말인가?

하지만, 존 미켈의 경우는 다르다.

"조셉 이든 캣맨, 요즘 작품 들어갔나?"

"글쎄요. 본인 영화 스크립트 준비 외에는 딱히 없는 것 같던데."

여긴 할리우드, 근방에 깔린 것이 배우다.

거기다, 존 미켈이 먼저 '하차' 의사를 밝혔다.

위약금은 존 미켈이 물어야 할 문제.

하이마운트 제작진이 눈을 빛냈다. 조셉 이든 캣맨만 섭외할 수만 있다면, 투자자들은 불만을 가지지 못할 터.

"나이가 조금 많은가?"

"동안이라 괜찮아요. 20대 후반까지는 어떻게 소화할 수 있어요."

"그렇지? 지금 연락해 볼 수 있나?"

"그럼요. 바로 해볼게요."

존 미켈에게 역풍이 불어오기 시작했다.

스튜디오 시티는 영화인들이 대거 모여 사는 동네다. 배우, 감독, 제작자, 아티스트 할 것 없이 서로가 이웃이며, 크루 이상의 의미가 있다.

영화감독 겸 할리우드 스타로 이름을 날리는 조셉 이든 캣맨은 의외의 섭외 전화를 받았다.

"음악영화?"

본인은 30대 중반이 훌쩍 지났다. 청춘을 논하기에는 나이가 조금 많다는 흠이 존재하지만, 남자 배우들에게 30대라는 나이는, 가장 많은 작품을 소화할 수 있는 시기다. 분장에 따라 20대부터 40대 아버지 역할까지. 다양한 배역을 소화할 수 있다.

"……글쎄."

하지만, 반응은 조금 회의적이었다.

말 못 하는 아티스트. 모든 대사를 단음과 눈빛으로 표현해야 하는 역할은 배우라면 충분히 매력을 느낄 만했지만 이미, 모든 준비가 끝나가는 영화가 아닌가?

다급하게 주연배우를 찾는다는 것은, 내부에 무슨 문제가 생겼다는 소리다.

"이유가 뭐죠?"

-자세한 얘기는 만나서 하고 싶은데요. 조셉이 흥미만 있다면요.

"……."

잠시 고민했다. 간절해 보이긴 했으나, 거절 의사를 밝히려던 찰나.

하이마운트 제작 PD가 말했다.

-도재희가 참여하는 영화예요.

"응? 누구요?"

-도재희. 선댄스에서 보셨다는 배우요.

"알아요, 알죠. 그걸 묻는 게 아니라…… 재희가 그 영화에 참여한다고요?"

-네.

조셉 이든 캣맨의 얼굴이 조금 달라졌다.
큰 흥미를 느끼지 못하던 얼굴이, 조금 밝아졌다.
"우선, 얘기나 들어볼까요."

"한국에 돌아가자, 재희야."
"맞아요. 오빠가 이런 취급 받아야 해요? 그냥 한국 가서 편하게 작품 해요."
"……."
재익이 형의 감정적인 대응은 이해한다.
이런 대접을 받을 아이가 아닌데, 왜 굳이 여기까지 왔는데? 그 마음을 너무나 잘 알기에.
하지만 나는 조금 이성적으로 대처했다.
"우선, 영화사 측 의견을 들어보도록 하죠."
"영화사? 당연히 주연배우 감싸고돌게 뻔하잖아."
그래, 맞는 말이다.
주연배우라는 자리는 '투자자' 즉, 물질적인 가치와 얽혀 있다. 인지도가 높지만 사생활이 엉망진창인 배우들도 그 자리를 유지할 수 있는 것들이 모두 이런 부분.
하지만.

"모르죠. 하이마운트는 거대한 곳이잖아요."

삼류 영화사도 아니고, 이런 거대한 영화 제국이 인종 차별 문제를 조용히 묵인할까 싶기도 했다. 또, 성급하게 판단을 내리고 싶지 않았다.

이 영화에 자리 잡지 못하면, 그 페널티 역시 내가 안고 가야 한다.

우리는 숙소로 돌아와, 한참을 멍하니 앉아 있었다.

분위기를 쑥대밭으로 만들다니. 내가 참았어야 했나?

그때, 에이전트 빌이 전화를 받고 휴게실로 나왔다.

"하이마운트예요."

그리고 심각한 얼굴로 통화하기 시작했다.

통화를 마친 빌이.

"잠시만요."

양해를 구하고 재익이 형과 통역사를 대동한 채 어딘가로 사라졌다.

영미 씨와 초희 씨는 그 자리에 멍하니 앉아 초콜릿을 까먹기 시작했다.

"뭐지?"

"그러게요. 궁금하네."

시간은 오래 걸리지 않았다. 대략 5분 정도가 흐르고 재익이 형과 빌이 우리에게 다가왔다.

"무슨 일 있어요?"

내 물음에 재익이 형이 약간 상기된 얼굴로 말했다.

"하이마운트로 넘어가자."

"네? 왜요?"

"존 미켈이 '하차'하겠다고 말한 모양이야."

"……."

기어코, 사고를 치는구나.

멀리 떨어지지 않은 하이마운트 사무실에서 아주 의외의 인물과 조우했다.

"조셉?"

선댄스에서 내게 식사와 함께 캐스팅 제의를 했던 조셉 이든 캣맨. 그가 나를 보며 활짝 웃었다.

"오랜만이에요. 재희."

"아니, 여긴 어쩐 일이에요?"

내가 놀라며 물었다. 그러자 조셉이 장난스럽게 말했다.

"그건 내가 묻고 싶은 말인데요? 여긴 우리 동네라고요."

"……."

아, 그렇지. 이방인은 나잖아.

내가 피식, 웃자 조셉이 다 안다는 듯 말했다.

“얘기는 대충 들었어요. 일단 안으로 들어갈까요?”

“아, 네.”

뭘까? 조셉 이든 캣맨이 갑자기 왜, 여기에 있는 거지?

우연히 있었다고 마주쳤다고 하기에는, 마치 이번 일의 관련자처럼 나와 동행한다.

우리가 함께 도착한 곳은, 하이마운트의 어느 사무실. 그곳에는 폴 안토니 감독을 포함해, 엘라니 오코너. 오디션에서 보았던 하이마운트 크루들이 앉아 있었다.

“어서 와요.”

나와 조셉이 소파에 앉았다.

엘라니 오코너와 폴 안토니 감독 역시, 제법 밝은 얼굴이었고 분위기는 나쁘지 않았다. 하이마운트의 실무를 맡고 있는 ‘케빈’이라는 남자가 내게 명함을 내밀었다.

그리고, 매우 미안한 얼굴로 말했다.

“재희. 한국의 유명한 무비 스타를 초대해놓고 이런 ‘조잡한’ 일로 불편을 끼쳐 미안합니다. 저는 케빈이라고 합니다. 하이마운트의 이사를 맡고 있죠.”

이사, 거물이다. 그리고 이런 거물이 ‘조잡한’이라는 단어를 제법 힘주어 말하는 것이……. 분위기가 심상치 않다.

“네, 무슨 일입니까?”

내 물음에 케빈이 제법 진지한 목소리로 말했다.

"결론을 말씀드리자면, 존 미켈이 영화에서 빠질 예정입니다. 그리고 그 자리를 조셉 이든 캣맨이 맡기로 했어요."

나는 화들짝 놀라며 되물었다.

"……네?"

"우리 영화사는, 이런 문제를 그냥 넘어가지 않습니다. 인종차별은 사라져야죠."

케빈이 말한 이야기의 전말은 이랬다.

존 미켈이 찾아와, 하차 의사를 전달했고, 하이마운트 측은, 존 미켈을 설득하거나 나를 궁지로 몰아넣는 대신.

"저를 데려왔죠."

조셉 이든 캣맨을 섭외했다.

"아니, 어떻게 이렇게 빨리?"

영화에 참여하겠다는 결정을, 시나리오도 제대로 읽지 않고 하루 만에 내릴 수 있었던 이유가 뭐야?

내가 되묻자, 조셉은 크게 웃으며 말했다.

"그야, 재희 때문이죠."

"네?"

"전에 제의했던 제안은 아직 유효해요. 제 영화에 출연시키고 싶다는 제안. 그러니, 이번에 제게 빚졌다고 생각해요."

하하, 그러니까.

"저 때문에 참여하신 거라고요?"

그러자 조셉이 짓궂게 웃으며, 내게만 들리는 아주 작은 목소리로 말했다.

"영화사에는 비밀이에요. 솔직히 영화는 구려요. 근데, 엘라니 오코너 씨의 음악과 재희가 참여한다고 하니, 그걸 믿어보는 거예요."

"……."

이런 시원시원한 남자 같으니.

내가 케빈에게 물었다.

"존 미켈은 순순히 물러나겠다고 하던가요?"

그러자 케빈이 당연하다는 듯 말했다.

"뭘 어쩌겠어요. 본인 입으로 말한 건데."

존 미켈은 영화사의 부름을 받고 다시 사무실로 들어섰다.

"결정하셨습니까?"

그의 표정은 당당함 그 자체였다. 자신이 내게 밀릴 것이라고는 전혀 생각하지 못하는 그런 당당함.

아니, 오만함인가?

하지만 이런 존 미켈은 소파에 앉자마자 꿈에도 상상하지 못했던 '축객령'을 듣게 되었다.

"존 미켈. 원하는 대로 하차하세요."

"……에?"

"하차하시라고요."

존 미켈의 얼굴이 종잇장 구겨지듯 구겨졌다.

"주어가 빠진 거 아닙니까? 그 동양인이 아니라, 나를?"

"네."

"그, 무, 무슨 그런 농담을……."

"어쩔 수 없죠. 그렇다고 아무 죄 없는 재희를 포기할 수는 없는 노릇이니까요."

"……."

"아, 혹시나 남겨질 영화에 대해 미안해할 필요는 없어요. 이미, 다른 배우로 섭외를 마친 상황이니까."

존 미켈은 황당하다는 듯 물었다.

"뭐? 고작, 하루 만에?"

하루 만에 대체자를 구했다고?

그럼 빼도 박도 못하고 나가리라는 말이다.

"저 나가 있으라고 하고, 그 동안 대체자를 구했다고?"

"뭐, 그렇게 되었네요. 영화는 찍어야 하고, 우리도 살아야 하니까."

"……."

유치한 '갑질'로 시작했던 사소한 에피소드가 이렇게 되어버렸다. 도재희가 사과만 한다면, 적당히 용서해주고 끝내려고 했던 문젠데, 왜 이렇게 되어버렸을까?

존 미켈의 얼굴이 새빨갛게 변했다.

"……어, 어떻게 나한테 이럴 수……."

하이마운트 이사 케빈의 눈이 차가워졌다.

"미켈, 당신이 자초한 일이잖아요."

"그게 무슨 말이죠?"

"몰라서 묻는 겁니까? 크랭크인까지 한 달 남은 영화에 하차하겠다는 말을 던져놓고, 이제 와서 우리에게 책임을 묻는 겁니까?"

케빈의 언성이 조금 높아졌다. 그리고 더 말하기도 귀찮다는 듯 시선을 거두며 말했다.

"인종 차별이라니. 정말, 기가 막히는군. 요즘이 어떤 시댄데 면전에 대놓고 이런 일을 벌이다니. 이번 일은, 조용히 덮기로 했으니. 그냥 물러나세요."

존 미켈은, 아무 말도 못 하고 자리를 박찼다.

모든 이야기를 들은 내가 두 팔을 들어 올렸다.

"이거, 감사합니다."

제법 공정한 방향으로 일 처리를 한 것에 대한 감사.

그러자 케빈은 무슨 말이냐는 듯 말했다.

"아뇨, 저희가 감사드려야죠."

"네?"

"재희 덕분에, 조셉 같은 스타를 섭외할 수 있었으니까요."

내가 조셉을 바라보자, 조셉은 고개를 끄덕였다.

"그럼요. 모두 재희 덕분이죠. 하하."

이 소식을 모두 전해 들은 재익이 형은 황급히 한국으로 전화를 걸었다.

지금, 한국 시간으로 새벽일 텐데……. 음, 모르겠다.

어쨌든, 이번 일이 있고 나서 제일 먼저 L&K에 보고했던 모양이었는데 모든 일이 잘 해결되자 가벼운 얼굴이었다.

"잘 해결되었어요. 주연이 바뀌었다니까요? 존 미켈 그 싹퉁바가지가 아니라! 무려, 조셉 이든 캣맨이라고요. 네! 재희한테 홀딱 반했던 그 할리우드 스타!"

짧은 시간 동안, 얼마나 마음고생이 심했을지 짐작할 수 있는 부분이다.

그리고 그 날 저녁은.

"영미 씨, 오늘은 술 마시자고."

"오예!"

영미 씨와 초희 씨에게 내려졌던 재익이 형의 '금주령'이 해제되는 날이었다. 우리는 인근 마트에서 술을 잔뜩 사서는, 숙소 안에서 파티를 벌였다. 에이전트가 추천한 식당에서 바비큐와 햄버거, 감자튀김 따위를 잔뜩 사 들고 양주와 맥주를 섞어 마셨다.

"양맥의 황금 비율을 아시나요?"

메이크업 아티스트 초희 씨는, 이런 자리가 익숙하다는 듯. 버번 위스키와 인디카 IPA를 기가 막히게 섞어내며 우리에게서 '드링크 아티스트'라는 별명을 얻어냈다.

"우와, 이거 대단한데!"

"여하튼 그 얼굴만 반지르르한 그놈, 꼬시다 꼬셔!"

우리는 음식을 양껏 배불리 먹고, 내일 스케줄이 예정되어 있기에 적당히 취한 상태로 각자의 방으로 돌아갔다.

할리우드의 새로운 밤. 나는 숙소 한편에 올려져 있는 <아다지오>의 스크립 대본을 들여다보았다.

거기에는 존 미켈의 얼굴이 떡하니 프린팅되어 있었지만. 이제는 기존 대본들이 모두 회수되고, 조셉의 얼굴과 내 얼굴이 찍힌 새로운 스크립 대본이 나올 예정이다.

물론, 조셉의 제안이었다.

'재희랑 같이 넣으면 어때요?'

하이마운트는 흔쾌히 승낙했다.

그리고 며칠 뒤. 조셉과 내 얼굴 사진이 프린팅된 새 대본을 받아든 나는 놀라 그대로 멈춰 서고 말았다.

"……어?"

3장

# 왜 제가 다 부끄러울까요

주연배우가 바뀌면, 작품의 향이 달라진다.

뭐, 당연한 소리지만. 이런 것들까지 포괄적으로 수치화 된다는 사실은 조금 충격적인데.

어느덧 할리우드에 도착한 지도 나흘.

존 미켈과 있었던 첫 일정의 트레블은 빠르게 잊혀졌다.

뭐, 그럴 수밖에.

촬영 중이던 배우가 중간에 교체되는 일도 허다하니, 영화의 땅 할리우드에서는 아주 사소한 일일 것이다.

할리우드 스튜디오 시티에 위치한, 마틴의 뮤직 스튜디오.

그곳에서 나는 조연출에게 새 스크립트를 받아들었다.

"마음에 드십니까?"

영화 <아다지오>의 이름과 하이마운트의 로고가 박힌 새 대본. 스크립트 프린팅은 조셉과 함께 찍은 스틸 이미지 컷으로 바뀌었다.

마음에 들고 자시고 할 것도 없는 문제.

“아아, 네.”

“……그런데, 표정이 조금 어두워 보여요. 재희.”

대본을 받아들자마자 내가 조금 당황했기 때문일까, 조연출이 내 눈치를 보며 물었고 나는 괜찮다는 듯, 환하게 웃어 보였다.

“아닙니다. 새 대본이 정말 마음에 듭니다. 고마워요.”

“그렇다면.”

조연출이 넉살 좋게 웃으며 스튜디오를 빠져나가고, 나는 다시 대본을 바라보았다.

내가 대본을 받고 순간, 당황했던 이유.

[73/100](+17)

숫자가 변했다. 왜 그럴까?

배역이 바뀌며, 주연배우 캐릭터가 조금 수정되었다. 20대 초반의 미소년에서, 중후반의 평범한 청년으로.

고작 그것 때문에?

"……."

뭐, 아무리 고민해 봐야 이유는 알 수 없겠지.

하지만 수치만 보자면, 존 미켈에게 부족했던 부분을 조셉이 메운다는 느낌이 강하게 든다. 그리고 조셉의 등장에 따라 덩달아 내 부담감이 줄어들면서, 오히려 높은 성적과 완성도를 기대할 수 있게 되었다.

새로 받은 스크립트에 기대감을 나타내는 사람은, 이 중에서 나뿐만이 아니었다.

"스크립트에 조셉 표정 좀 봐."

스크립트와 동시에 바뀐 확 변해버린 분위기에, 영미 씨가 감탄했다.

"조셉이야 말할 것 없는, 할리우드 스타니까요."

"그럼요. 연기파 배우죠."

존 미켈의 아름답고 탄력적인 외모가 주를 이루던 이전 대본과 달리, 대본 겉면에 프린팅된 조셉이 구현한 주인공 '조'의 매력은 두말할 여지가 없었다. 할리우드에서 이미 수년간 자신의 커리어를 구축한 그는, 감성적인 눈빛 하나로 영화의 분위기를 나타내 버린다.

그리고 나는, 옆에서 기타를 들고 유쾌하게 웃고 있고.

"재희 표정도 봐요! 꺄하하!"

스크립트를 둘러보며 곁에 앉아 있던 샘, 행거, 아리아나가 말했다.

"재희는 이렇게 웃는 얼굴이 잘 어울린단 말이야?"

"맞아. 난 런던에서 처음 봤을 때부터 생각했다고. 재희는 진지한 얼굴보다 이렇게 유쾌한 느낌이 좋아."

샘, 행거, 아리아나.

할리우드 도착과 동시에 너무 다사다난한 일이 벌어져 잠시 잊고 있었지만, 런던에서 우연히 마주했던 인연들과 이번 영화에서 재회했다.

'이들은 어때요?'

내가 넌지시 물었고, 엘라니 오코너가 냉큼 추천했다.

그리고 이렇게, 조그만 단역 캐스팅으로 이어졌다.

극 중 밴드 <아다지오>를 따라다니며 매니저 및 코러스 역할을 자처하는 감초, '런던 트리오' 역할로.

런던 버스킹 동영상이 화제를 일으킨 이후, 인지도를 확 끌어올린 이들은, 웨스트엔드 인근 셰익스피어 극장에서 연극 <리어왕>에 출연했다고 한다. 이름 있는 배역은 아니고, 광대 뒤에서 노래하는 코러스로.

그렇게 서서히 자리 잡기를 몇 달. 최근에는 웨스트엔드의 뮤지컬 컴퍼니들과 긴밀한 교류를 가지며 적당한 배역을 물색하고 있다고 한다.

길거리에서 노래를 하던 음악의 천사들이, 한순간에 뛰어올랐다.

행거가 감격스러운 목소리로 말했다.

"이런 영화에 함께 출연하다니! 이게 다 재희 덕분이야. 뮤지컬 배우로 자리를 잡을뿐더러, 영화 촬영차 미국엘 다 와보다니! 무려 할리우드야!"

"재희, 우리를 잊지 않고 챙겨줘서 고마워요"

이들은 내게 진심으로 고마워했지만 나는 손사래를 쳤다.

아이, 부끄럽다고요.

"그만 얘기해도 되요. 제가 더 고마우니까."

그래. 이들 덕분에 노래하는 즐거움을 알게 되었다.

그리고 이들과의 만남이, 보다 '특별한' 내 할리우드행을 부추겼음은 틀림없다. 이들과의 버스킹 공연이 엘라니 오코너와의 인연의 시작이었으니까.

그리고.

"저는 별로 놀랍지도 않아요. 오히려, 믿고 있었죠. 이렇게 좋은 모습으로 다시 만나게 될 것을."

이들은 내가 아니었어도 언젠가 반드시 빛을 보았을 거다. 그건, 장담할 수 있다.

"으음, 고마워요, 재희."

분위기가 간질간질거린다.

이런 어색한 분위기, 너무 싫단 말이야.

그때, 합주실 안으로 엘라니 오코너가 들어왔다.

"오, 엘라니."

등장과 동시에 분위기를 반전시키는 그녀가 나를 보며 장난스레 말했다.

"분위기 좋은데요? 하지만, 연습실 분위기가 더 좋았으면 좋겠네요."

내가 웃으며 화답했다.

"물론이죠."

"자신만만한데요? 좋아요. 각오해요. 그럼, 오늘 연습을 시작해 볼까요?"

영화 〈아다지오〉에는 총 열세 곡의 노래가 들어간다.

보컬이 가미된 곡이 총 여섯 곡이고. 나머지는 BGM으로 쓰이는 곡들이지만, 모두 엘라니 오코너가 만들었다.

메인 타이틀 곡이자 영화의 엔딩 곡인 'Sweat, Adagio'라는 곡은 조셉이 부른다.

잃어버렸던 자신의 목소리를 되찾으며, 아주 아름답게 노래하는 장면.

다른 한 곡은 여성 보컬이 부르고, 나머지 네 곡은 모두.

"……"

내가 부른다.

'Railway sing', 'Drawing drive', 'Alone House', 'Stay with You'.

드러머도 노래하고, 키보더도 노래하고 베이시스트도 모두 함께 즐기는 밴드 음악이기에, 따지고 보면 모두 다 같이 부르는 것이나 다름없지만 그래도 마이크를 잡고 노래하는 '메인' 보컬은 나다.

"부담이 장난 아니겠어요."

"……"

정말로 부담이 장난 아니다.

"재희 파이팅!"

나는 크게 숨을 골라 쉰 뒤, 합주실 유리창 너머로 나를 바라보는 재익이 형을 향해 장난스럽게 웃어주고는 한쪽 귀에 꽂은 이어폰의 볼륨을 조절했다.

엘라니가 내게 물었다.

"준비되었어요, 재희?"

"그럼요."

"요 며칠간, 세션과 호흡을 맞추는 연습은 충분한 것 같으니 이번에는 원곡 템포로 연습해 볼게요. 어때요?"

원곡이라, 아무 상관 없다고.

"좋아요."

내 말에 엘라니가 힘차게 주문했다.

"제이크! 사정없이 두드려 줘요!"

드러머 역할을 맡은 제이크라는 배우가 고개를 끄덕였다.

"오케이!"

후우, 긴장되는데.

엘라니 오코너가 의미심장한 웃음을 지어 보이며 말했다.

"시작할게요!"

"오케이!"

엘라니의 외침과 동시에 주변이 고요해진다.

그리고 들려오는.

탁, 탁, 탁, 탁!

제이크의 드럼 스틱 두드리는 소리. 시원한 심벌을 시작으로 이제는 조금 익숙해진, 엘라니 오코너의 음악들이 내 귀를 가득 메운다.

엘라니 오코너가 만들고, 폴 안토니 감독이 보여주고, 내가 표현해내는 음악들.

이 음악 주는 떨림을 따라, 눈을 감았다.

발이 박자를 쫓아 움직일 만큼 유쾌하고, 가끔은 감미롭고. 가끔은 눈물이 날 만큼 애절한 순간들이 머릿속에 떠오른다.

그리고 멜로디 라인을 따라, 머릿속에서 메아리치는 노래

가사를 따라 한 음절, 한 음절 아주 천천히 쫓아 걸었다.

I have a dream. 나는 꿈이 있어요.
But it's in the distance. 하지만 너무 멀리 있죠.

느릿한 드럼, 공간을 울리는 베이스, 적절한 타이밍에 팅! 팅! 터져 나오는 건반.

그리고.

I've been down this road before. 이 길을 걸어본 적 있어요.
The way walked last year. 작년에 걸었던 길이죠.

내가 눈을 번쩍 떴다.

"……."

쏴아아아!

눈을 뜨자, 쾌적한 녹음실에서 퀘퀘한 담배 연기와 술 냄새로 흠뻑 젖어 있는 무대로 바뀌었다. 강렬한 밴드 사운드는 앰프를 찢을 듯 울려 퍼졌고, 사람들은 무관심한 얼굴로 객석에 앉아 술을 마신다.

작은 펍에서 시작된 우리들의 작은 울림. 합주실에서 아주 천천히 합을 맞춰가던 배우들은 모두 사라지고. 이렇게나 매력적인 아티스트들로 변모했다.

무대 한 귀퉁이에는.

"퍽! 퍽!"

아주 작은 목소리로 흥분한 듯 건반을 두드리는 서번트 증후군을 가진 키보더가 앉아 있고.

내 옆에는 내 입 모양을 따라 함께 노래하며, 가난한 세월 따위는 잊은 채 그 어느 때보다 '살아 있는' 표정을 짓는 베이시스트가 서 있고.

무대 뒤에서 펍을 가득 채우는 박자를 만들어가는 드러머는 아웃사이더이던 예전을 완전히 잊어버린 듯.

"이야야야야야!"

자신감 넘치는 표정으로 무대를 즐긴다.

그리고 나는.

But, Tomorrow will be different. 하지만 내일은 다를 거야.

If you and I can be together. 너와 내가 함께할 수 있다면.

무명의 설움을 경쾌한 음악 뒤에 숨겨, 마음껏 소리쳤다.

Let's leave together, Railway sing! 함께 떠나자, Railway sing!

고요 속의 외침, 펍의 누구도 귀 기울이지 않는 우리들의 노래.

하지만 말 못 하는 음악 천재 조셉은, 복잡한 얼굴로 우리를 바라보았다.

조의 꿈을 대변하는 우리. 밴드 아다지오!

그때, 샘, 행거, 아리아나 '런던 트리오'가 앞으로 나오며 분위기를 반전시킨다.

"와!"

"최고다!"

술에 잔뜩 취하고, 노래에 잔뜩 취하고, 우리들이 내뿜는 분위기에 취한 그들은 펍의 가장 전면으로 튀어나와 조셉의 팔을 잡고 흔들었다. 그리고 함께 환호하고 춤을 추었다.

장내의 분위기가 반전되기까지 걸린 시간은 그리 길지 않았다.

'Railway Sing. 노래 한 곡이 끝나기도 전에 장내의 대부분이 우리를 바라보고 있다.

……신난다!

이렇게 신나는 순간이 있을 수가!

내가 고개를 휙, 돌리자 카메라 앵글이 빠르게 돌아가며 어느새 무대 위에 서 있는 조셉. 조셉은 기타를 매고 내 옆에 섰다. 그리고 아주 능숙하게 기타를 연주했고, 분위기는 상승 곡선을 타기 시작했다.

환호하는 사람들. 짧지만 모두가 하나가 된 기적이 끝나자, 터져 나오는 사인.

-Okay!

사인과 동시에 나와 조셉이 하이파이브를 쳤다.

짝!

그리고 드러머, 베이시스트, 키보더가 달려와 나와 조셉을 끌어안았다. 이 분위기에 기름을 붓듯, 폴 안토니 감독이 펍 안으로 뛰어들어 오며 제자리에서 방방 뛰었다.

"최고였어요, 최고! 됐어, 됐다고!"

그리고 감독을 뒤따라, 엘라니 오코너가 걸어 들어왔다.

그녀는, 쇼팽과 사랑에 빠진 클래식 연주자 같은 나른한 표정을 지어 보였다.

표정이 애매한데?

"별로였나요?"

"……."

내 질문에, 그녀의 입술이 씰룩거렸다. 그리고 갑자기 표정을 급변시키며, 양손을 위로 번쩍 들며 소리쳤다.

"내가 줄 수만 있다면, 이건 그래미 감이야!"

"……아."

노래가 끝나고 시험 성적을 기다리던 아이처럼 무대 위에서 있던 우리들의 표정이 대번에 밝아졌다.

음악영화에 음악이 좋다는 것, 그럼 이미 절반은 해낸 것이나 다름없잖아.

"이 기세로 쭉쭉 가자고요!"

쌀쌀한 추위도 모두 사라지고, 따스한 햇볕만 가득한 5월의 LA. 영화 〈아다지오〉의 촬영이 시작되었다.

그리고, 할리우드에서의 내 커리어가 시작되었다.

한국, L&K 매니지먼트.

"재희는 어때?"

L&K 이무택 대표의 질문에 매니지먼트 1팀장 박찬익이 말했다.

"촬영 들어갔고, 잘 적응하는 모양이던데요?"

"존 미켈인가 하는 그 뼈다구 놈은? 해코지 안 해?"

"그런 얘기는 못 들었어요."

그제야 안심이 된다는 듯 이무택 대표가 고개를 끄덕이며 중얼거렸다.

"한번 찾아가고 싶은데 말이야."

"……."

그러자 박찬익이 침을 한 번 꿀꺽 삼키더니 되물었다.

"어, 어딜요? 미국이요, LA?"

"그럼 어디겠어? 당연히 할리우드지. 우리 재희 잘 지내는지 보러 가려는 거지. 언제가 좋을까?"

"……."

박찬익의 얼굴이 미묘하게 일그러졌다.

안 그래도 할리우드에 적대감이 가득하던 이무택 대표다. 그리고 도재희가 할리우드에 진출한 첫날에, 주연배우인 존 미켈과 인종 차별 문제로 휘말리자,

'이놈 새끼, 저놈 새끼, 개놈 새끼.'

온갖 욕설을 입에 달고 다니면서, 당장 미국행 티켓을 끊으려고 하지 않았던가.

'죽여 버리겠어!'

온갖 루머를 퍼뜨려 피 말려 죽여 버리겠다는 이무택 대표를 뜯어말리던 예전 과거를 떠올리면, 벌써부터 머리가 지끈지끈 아파 왔다. 다행히, 할리우드에서 일이 빠르고 좋은 쪽으로 해결되었기에 망정이지, 만약 지지부진하게 시간을 끌었다면.

'아이고…… 상상만 해도 싫으네.'

그런데……. 그런, 대표가 미국을 간단다.

"한식이 그리울 거 아냐. 김치도 좀 먹이고. 재희 좋아하는 소고기도 좀 먹이고."

"거기 한식당 잘 되어 있어요. LA잖아요. 바로 옆이 한인 타운이라고요."

"그래도, 외국인이 만드는 음식이랑 같나?"

"거기 한국인도 많아요. 대표님."

"그래? 그럼 가서 소고기나 좀 먹이지 뭐. 스탭들 밥도 크게 한턱 쏘고. 원래, 이런 해외촬영은 대표가 한 번씩 가서 봐줘야 해. 그래야 미국 놈들이 함부로 못 까불지."

"……."

박찬익은 이무택이 할리우드에 도착하는 순간, 무슨 사고라도 치지 않을까 염려했다.

이를테면, '미국 놈의 새끼들! 감히 우리 재희를 컨테이너 같은 곳에서 재워!' 같은.

만약, '아! 다른 배우들도 다 여기서 쉬어요!'라고 외친다면 '우리 재희는 달라야 해!'라고 억지를 부릴 거다.

격려차 L&K 대표가 미국을 방문해야 한다면, 이무택이 아니라 침착한 권우철 대표가 제격이다. 이무택 대표의 사무실을 빠져나온 박찬익은 곧장, 권우철 대표를 찾았다.

하지만 이런 사정을 모두 설명했지만, 권우철 대표는 오히려 피식 웃어버렸다.

"다녀오시라고 해."

"……예?"

"재희 보고 싶어서 가시려는 건데. 내가 말린다고 들으시겠어?"

"……아."

결국, 돌아온 결과는.

'티켓 준비해.'

"젠장!"

"응? 박 팀. 무슨 일 있어?"

스타일리스트 장 팀장의 질문에 박찬익이 고개를 가로저었다.

"아냐."

"근데 왜 잔뜩 얼굴을 구기고 있어?"

"아무 일도 아냐."

"……싱겁긴."

사무실로 돌아온 박찬익은 머리를 절레절레 저었다. 처리해야 할 일은 가득 쌓였지만, 일단 미국에는 동행해야겠다. 도저히 불안해서 혼자 보낼 수가 없다.

"후우."

밀린 업무를 위해 메일과 소속 배우들의 팬 카페를 뒤적이던 박찬익의 손끝이 돌연 멈추었다.

'어라?'

도재희 팬 카페 '도재희 도졌다리'에서는 최근 근황이라도 좀 알려달라는 문의가 쇄도해 있었다.

**[제발 우리 재희 근황 좀 알려 주세요ㅜ 할리우드 간 뒤로 소식 하나 없어서 불안합니다.]**(댓글 110+)

ㄴ맞아요! 요새 촬영 중인가요?

ㄴ국내 활동 계획은 없는 건가요 ㅠㅠ.

ㄴ병 걸릴 것 같아요 ㅜㅜ.

SNS를 하지 않는 도재희 특성상, 황재익이나 김영미 같은 주변 스탭들이 도재희의 사진을 찍어 보내주면, 회사 계정을 통해 올리고는 했던 것.

하지만, 현장 사진에 대해 엄격하게 관리하던 영화사 측 의견 때문에, 그마저도 요새 통 올리지 못했다.

그러던 박찬익의 눈에 들어오는 한 줄의 문구.

-재희짬뽕 : 진짜 돈만 있었으면 바로 LA로 날아갔다 ㅜ.

이 문구를 읽는 순간, 박찬익의 머리 위로 한 줄기 빛이 스쳐 지나갔다.

"이, 이거다!"

마치, 목욕 중에 유레카! 라도 떠올린 듯, 박찬익이 자리에서 벌떡 일어난 박찬익.

ㄴ도재희망 : 그거 좋은데요? 6만 팬이 응집할 때입니다. LA로 정말 갈까요?

ㄴ이뿐모 : 아마 매니지먼트 허락 없이는 힘들걸요ㅠㅠ.

"……이거야."

손을 파르르 떨며 머릿속으로 계획을 두 번, 세 번 점검을 마친 뒤 팬 카페에 올라와 있는 게시글 들을 하나하나 프린트해 파일로 만들었다. 그리고 파일을 들고 당당한 걸음으로 이무택 대표의 사무실을 다시 찾았다.

"어? 예매했어?"

이무택 대표는 벌써부터 사무실 한편에 비치되어 있는 캐리어에 이것저것 담고 있었다.

"……아뇨."

"그럼 왜? 빨리하라니까? 제일 빠른 티켓으로?"

이무택 대표의 말에 박찬익이 앞으로 다가오며 확신에 찬 목소리로 말했다.

"기왕 응원차 가시는 거, 팬들도 동행하면 어떻습니까?"

"팬? 어떻게?"

"이것 좀 보십시오."

파일을 건네받은 이무택이 눈을 가늘게 뜨며 읽어 내려가기 시작했다.

"이게 왜?"

박찬익이 힘주어 말했다.

"팬 카페에서 10명 정도를 선별해서 동행하시는 겁니다."

"응?"

"재희 입장에서는 국내에 있는 팬들과 오랜만에 만나서 좋고. 기삿거리도 되고. 또 할리우드 촬영 팀 앞에서 어깨도 좀 펴지 않겠습니까?"

'팬이랑 기자들 앞이면, 최소한 사고는 못 치겠지'라는 말이 튀어나올 뻔했지만, 박찬익은 그 말을 목구멍 뒤로 간신히 삼켰다. 그리고 이무택의 표정을 살폈다.

단순하고, 화끈한 것을 좋아하는 이무택 대표의 얼굴이 대번에 밝아졌다.

"……괜찮은데?"

문제는 경비다. 팬들에게 돈을 걷을 수는 없으니, 항공과 숙박, 식사 정도는 최소한 지불해야 할 터.

하지만 잃는 만큼, 얻는 것도 있을 것이다.

"아마, 팬 카페에 이런 공지를 올린다면 자체적으로 모금해서 커피차 정도는 구할 수 있을 겁니다."

이무택이 흡족하게 웃었다.

"우리 찬익이, 일 잘하네."

"감사합니다."

"그래 좋아. 어서 진행해. 팬들도 만나고, 우리 재희 입이 귀에 걸리겠네."

"네."

후후! 박찬익은 회심의 미소를 지었다.

도재희 팬클럽에서는 미국행 지원자가 무려 2,500명을 넘기는 기염을 토했다. 하지만 팬클럽 회장인 '도재희도졌다리'의 공정한 선별 작업 끝에 가장 열정적으로 활동한 최정예 팬 10인이 선발되었다.

"우리 재희 오빠를 실물로 영접하다니! 거기다 LA 여행까지 덤으로!"

"박 매니저님! 감사합니다!"

그리고 열흘 후. 이무택 대표와 박찬익, 기자 한 팀, 그리고 열성 팬 10인은 LA국제공항에 도착했다. 이들의 얼굴에는 여행에 대한 '설렘'보다는, 일종의 '비장함'이 깃들어 있었다,

아주 작정하고 온 것이다.

현장 에이전트에게 보고하지 않고, 황재익에게 스케줄 확인만 거치고 무작정 방문한 것이라, 차량은 미리 예약해 두었던 대형콤비. 현지 기자와 LA 거주 경력이 있는, 외국어가 능수능란한 팬카페 회원의 안내를 필두로 금일 촬영이 있는 하이마운트 픽쳐스 사내에 있는 야외 촬영장으로 출발했다.

오래 걸리지 않아 하이마운트 사내에 내린 이무택 대표가 우람한 가슴을 펴며 근엄한 표정을 지어 보였다.

"여기야? 우리 재희가 있는 곳이?"

"……."

박찬익은 머리를 가로저었다.

스튜디오에 촬영 장비를 나르는 인부밖에 안 보이는데 벌써부터 기선제압에 들어간 것이다.

그때.

"저기, 매니저님."

"아, 도졌다리 님."

팬 카페 회장 도재희도졌다리, 일명 '도졌다리'가 박찬익에

게 말했다.

"근처에 커피차랑 떡볶이 차 도착했다고 하는데……. 같이 들어가는 게 어떨까요?"

"아, 알겠습니다. 기다리겠습니다."

박찬익은 '도졌다리'의 정체를 확인하고 처음에 느꼈던 소름을 잊을 수가 없다.

매니지먼트 생활 몇 년째인가.

지금까지 숱하게 많은 미인을 봐왔고, 자기가 데리고 있는 예쁘고 젊은 소속 여배우만 하더라도, 어마어마하게 많다.

그런데 그런 여배우들 뺨을 김치로 후려칠 만큼 아름다운 미모의 젊은 여인. 20대 중반의 쇼핑몰 CEO라는 '도졌다리'는 팬 카페 회장이라는 직함만 아니었다면, 당장 명함을 내밀고 꼭 연락 달라고 신신당부했을 그런 미인이었다.

그런 여자가, 6만 명이 넘어가는 대형 배우 팬 카페의 수장이다. 거기다 일 처리는 얼마나 시원시원한지, 커피차에 떡볶이 차, 거기다 현지 스탭들에게 주겠다며 도재희의 캐리커처와 이니셜이 박힌 단체 반소매 티셔츠까지 준비해 왔다.

"휴우, 백수였으면 당장 영입하는 건데."

박찬익은 아쉬운 마음에 군침을 삼켰다.

느지막하게 일어나, 촬영장에 도착했다.

오늘 촬영할 분량은 딱 한 신이다. 오전 일찍 촬영이 끝나는 터라, 일찍 털어내고 오랜만에 맛있는 것을 먹고 푹 쉴까 싶었는데, 재익이 형이 말했다.

"오늘 알지?"

"네?"

"오늘."

오늘?

"대표님 오시기로 했잖아. 기억하지?"

……아, 맞다.

"아, 오늘이 그날이었죠?"

"응. 이미 하이마운트와는 얘기 끝났어."

전자기기 사용 통제, 외부로 나가는 정보 차단, 정해진 구역에서만 카메라 사용 가능 등등. 몇 가지 조건들이 붙었지만, 까다롭지 않은 조건들이었다.

"대표님, 언제 도착하시죠?"

"한 시간쯤 전에 공항 내리셨다고 하셨거든? 아마 조금 있으면 도착하실걸?"

"……."

대표님이 방문하신다, 팬 카페 회원들과 함께.

"멀리까지 오시네요."

"흐흐흐, 다 너 보고 싶어서 오시는 거지."

"……그런가요?"

팬 카페 회원들까지 동행해서?

물론, 먼 길 와준 팬들에게는 고마운 일이지만.

"오늘 그래서 촬영 끝나고, 팬들이랑 단체로 미팅할 거야. 오랜만에 데이트 시원하게 한다고 생각해."

"……."

아, 고오맙다.

팬들과의 만남은 어려운 점이 많다. 그들은 철저하게 만들어진 '도재희'를 기억하기 때문이다.

하지만 영미 씨와 초희 씨는 이런 내 복잡한 생각 따윈 안중에도 없는 듯.

"꺄하하! 회식이다! 소고기!"

오랜만의 소고기 파티라며 좋아했다.

"소고기 어제도 먹었으면서?"

"소고기는 언제 먹어도 맛있어요."

"음, 그건 그렇지. 역시 영미 씨는, 대화의 맥을 잘 찾는단 말이야."

"……."

얼씨구! 죽이 잘 맞네.

나는 초희 씨에게 메이크업을 마무리 받은 뒤, 자리에서 일어났다.

-인서트 촬영할게요.

현장 돌아가는 상황을 보아하니, 10분 이내 내 차례가 올 것 같다.

기왕에 오실 거면, 내 촬영이 끝나고 봤으면 좋겠는데.

"어, 오셨다."

……늦어버렸다.

촬영에 방해되지 않도록 연출부의 안내에 따라 이리로 향하는 사람들, 선글라스에 당당한 걸음걸이의 이무택 대표님. 그리고 그 옆에 있는 박찬익 팀장님과 기자들.

그리고.

"우와! 몇 명이야."

그 뒤를 따르는 '10인의 팬 군단'과 이들을 엄호하듯 천천히 주행하고 있는 '대전차'의 위용을 닮은 커피차와…….

"떡볶이 차까지?"

"……."

떡볶이 차까지.

커피차나 츄러스는 농담 조금 보태서 정말 매일 들어오는 곳이 할리우드다. 하지만 하이마운트 픽처스에서 쉽게 보기 힘든 떡볶이 차의 등장에, 현장이 난리가 났다.

네네, 이게 바로 한국 스타일입니다. 귀엽게 봐주세요.

촬영 중이던 조셉이 기웃거리며 내게 물었다.

"저게 다 뭐야?"

"……."

제 팬들입니다만.

"전부 재희 팬들이야? 한국에서 여기까지 온 거야?"

"……."

그런 듯 보입니다만.

조셉은 신기하다는 듯 웃으며, 다시 카메라 앞으로 돌아갔다.

커피차와 떡볶이 차는 13번 스튜디오 뒤에 정차한 뒤, 은근슬쩍 매콤하고 달짝지근한 냄새들을 풍기기 시작했다.

"이게 무슨 냄새지?"

한국의 냄새입니다.

이무택 대표님은 선글라스를 끼고 터질 듯 우람한 근육질이 고스란히 드러나는 딱 달라붙는 정장을 입고 계셨는데.

"재희야!"

내게 한달음에 달려오시더니 나를 와락 껴안으셨다.

"잘 지냈냐!"

"으앗! 아, 하하…… 네. 대표님. 으억, 잘…… 지내셨죠?"

이무택 대표님이 내 어깨를 붙잡고 말했다.

"왜 이렇게 살이 빠졌어? 못 먹고 지내? 음식이 입에 안 맞아?"

"너무 잘 먹어요."

그러니까, 이것 좀 놔주세요.

"우와, 도졌다……."

"재희 오빠! 여기 좀 봐주세요!"

이런 대표님 모습을 부러운 듯 바라보는 팬들의 시선과 카메라가 없어서 아쉽다는 듯 군침을 삼키는 기자들의 시선이 내게 쏟아진다.

"하하, 안녕하세요. 도재희입니다."

"꺄아아아!"

"……아하하."

음, 어쨌든 조금은 부담스러웠던 만남이, 막상 뚜껑을 열어보니 한결 부드러워진다.

아아. 조금은 그리웠나 보다. 이런 느낌.

이무택 대표님이 내게 물었다.

"점심은 먹었어?"

"아직요."

"그래? 배고프겠다. 가서 떡볶이 좀 먹어."

"촬영 끝나고 크루들이랑 다 같이 먹을게요."

"그래? 먼저 먹지그래?"

"……."

그냥 같이 먹을게요. 대표님.

그때, 박찬익 팀장님이 대표님의 귀에 대고 무슨 말을 속삭이셨다.

그러자 이무택 대표님이 생각났다는 듯.

딱, 딱!

엄지와 중지를 튕기시더니.

"아아. 맞네, 맞어. 인사시켜드려야지. 어디 보자……. 이리 오세요, 이쪽으로."

이무택 대표님은, 팬 중 가장 수려한 외모를 자랑하는 여성 한 명을 내게 소개했다.

"재희야, 인사드려. LA에서 떡볶이 차 섭외하신 1등 공신. 우리…… 죄송한데, 성함이 뭐라고 하셨더라……."

"도졌다리요."

"아, 도졌다리 님."

"……예?"

뭐라고?

순간 내가 잘못 들은 건가 싶었다.

내 얼굴에 물음표가 뜨자, 여자가 얼굴을 잔뜩 붉히며 내게 말했다.

"아, 안녕하세요오. '도재희도졌다리'입니다."

"……아."

나는 그제야, '도재희도졌다리'라는 닉네임을 쓰는 내 팬 카페 회장이라는 것을 눈치챘다.

"회장님이셨구나. 반갑습니다."

내가 싱긋 웃자.

"처, 청춘열차 때부터 팬이었습니다……!"

묘한 말투로 얼굴을 붉히는, 우리의 도졌다리 님.

어감이 조금 이상한걸?

그 뒤로, 팬들의 인사가 이어졌다.

"안녕하세요. 오빠……. 재희Lover입니다."

"재희 씨보다 나이는 한 살 많은데, 오빠라고 불러도 되죠? 저는 재희곰푸우라고 해요!"

"도도재희라고 합니다. 오빠 보고 싶어서 여기까지 왔어요. 힝."

"……."

그만, 그만해.

나는 오글거리는 손가락을 쫙, 펴며 활짝 웃었다.

"모두 반갑습니다."

닉네임, 그게 뭐가 중요하겠는가? 이렇게 힘이 나는데.

"여기까지 와주셔서 정말 감사드립니다."

내 인사에 10인의 팬들이 즐거움의 비명을 내질렀다.

"꺄아!"

그때, 연출팀 크루가 다가와 말했다.

"재희, 촬영 시작할게요."

"아, 네."

이제 내 차례다.

촬영이라는 말에, 팬들이 웅성거리기 시작했다.

"대박! 오빠가 연기하는 모습을 실제로 보게 되다니."

"곧 죽어도 될 정도야!"

"사진 찍고 싶다, 사진! 소장하고 싶다아!"

"……."

하하, 졸지에 팬들 앞에서 연기를 하게 되었다.

"그럼, 다녀오겠습니다."

나는, 평소보다 조금 떨리는 마음을 안고 카메라 앞에 섰다.

음악영화의 가장 큰 묘미는, 주변 동료들을 하나둘 모으며 조금씩 성장해가는 장면들에 있지 않을까.

지금의 내 장면이 그렇다.

이렇다 할 공연장이 없어, 길거리에서 기타를 치며 노래하는 나와 조셉이 처음 마주하는 장면. 북적이는 LA 거리에서 그 누구도 내게 관심을 가지지 않지만, 유일하게 조셉만이 내게 관심을 가진다.

우리는 서로 말이 통하지는 않지만, '음악'이라는 공통점 하나로 같은 것을 보고, 같은 의미를 가지는 장면이다.

앞의 버스킹팀이 끝나기를 기다리며 기타 케이스에 턱을 묻고 돌담에 앉아 무료한 표정을 짓는 나, 바닥에 쪼그리고 앉아 편의점에서 파는 콜라와 햄버거를 오물거리는 나.

이를 지켜보는 조셉의 신기하다는 얼굴.

일련의 인서트 촬영이 끝나고, 본격적인 슛 사인이 돌아갔다.

나는 기타와 낡은 고물 앰프 하나를 들고 자리를 잡았다. 기다란 리드선을 연결하고, 접이식 의자를 펼쳐 자리에 앉았다.

그리고.

그 누구도 귀 기울이지 않지만, 나는 나만의 노래를 시작했다.

아무도 없는 집. empty house with no one.

혼자 집에 앉아. Sit alone at home.

씹는 싸구려 비스킷. Chew cheap biscuits.

믿을 것은 목소리와 기타뿐. 삼류멜로디에 억지로 붙인 가사를 오랫동안 들어줄 사람은 없다. 작사, 작곡에는 재능이 없었으니까.

지나가는 사람들은 모두 나를 무심하게 힐끔거리다, 다시 발길을 재촉할 뿐.

그런데 그때. 조셉이 내 앞에 멈춰 섰다.

그는 내 음악을 조용히 듣더니, 멈춰 서서 웃어 보였는데.

내 곡이 끝나자 그는, 주머니에서 메모장을 꺼내 들더니 펜으로 무언가를 쓰기 시작했다.

그 메모장에는.

**이거 한번 불러볼래요?**

라고 적혀 있었고, 조셉은 내게 악보 하나를 건네주었다.

"……."

나는, 약간의 경계가 담긴 눈초리로 악보를 받아들었다.

"악보네요?"

악보다. 오선지 위에 무성의하게 펜으로 끄적인 음표들.

재미있는 점은, 단 한 부분도 수정한 흔적이 없다는 것이다.

"이거, 연주해 달라고 하는 건가요?"

내 질문에, 조셉이 고개를 크게 끄덕였다.

뭐야, 갑자기…….

하지만 나쁜 사람 같아 보이지는 않는다.

"유일한 관객이시니까. 신청곡은 서비스."

나는 쓰게 웃으며, 악보에 기재된 음표를 하나하나 밟아 내려갔다. 음표 위에 쓰여 있는 기타 코드를 두어 번 되짚으며, 스트로크를 바꿔가며 정리해 보는데.

"음! 음! 음!"

조셉이 괴상한 소리를 내며, 긍정 신호를 보낸다.

"말로 하시지……."

어쨌든, 이렇게 치는 거 맞다고 하는 거 같지?

연주를 시작했다.

자연스럽게 끄덕여지는 고개. 본능적으로 리듬을 쫓는 오른발. 주변 사람들의 발걸음을 멈추게 만드는 멜로디.

나는 왼손으로 기타 줄을 움켜쥐며 그대로 멈춰섰다.

그리고, 눈을 화등잔만 하게 뜨고 물었다.

"이 노래, 당신이 썼어요?"

조셉의 의미심장한 웃음 바스트 컷.

그리고 묘한 기대감에 몸부림치는 내 얼굴 타이트 바스트.

입술이 옴짝달싹 거린다.

"……대답해요."

-오케이!

마지막 대사와 동시에 무전기에서 오케이 사인이 터져 나왔고

"수고했어, 재희."

"고생하셨어요."

"꺄아아아아!"

10인의 팬들 사이에서 별안간 비명이 터져 나왔다.

아이, 참. 쑥스럽다고요!

커피와 츄러스 그리고 떡볶이와 김밥, 어묵 국물이 있는 분식은, 한국 촬영장에서 빠질 수 없는 조합들이다.

암. 대한민국 국민 모두가 좋아하는 음식들이지.

이런 한국의 맛은, LA에서도 제법 별미로 통했다.

"으앗! 매워!"

"근데 맛있어!"

맵다고 야단법석을 떨면서도, 맛있다고 유난을 떨며 먹는 크루들을 보고 있으니, 보기만 해도 배가 부르다.

하하, 천천히 드세요.

"재희, 너무 잘 먹었어요. 조금 맵긴 했지만……. 이거 이름이 뭐라고요?"

"떡볶이요."

"떠뽀끼. 오케이."

매콤한 한국식 떡볶이와 미국인들의 입맛을 사로잡은 간장

베이스 떡볶이까지.

오늘 점심은 떡볶이라고!

나는 분식 차 옆에서 크루들에게 하나하나 설명했다.

"제가 준비한 게 아니라, 제 팬들이 준비해 줬어요."

그러자 폴 안토니 감독은 도젔다리 님에게 직접 감사 인사를 표하기도 했다.

"너무 잘 먹었습니다."

폴 안토니 감독은 한국에서 온 내 팬들에게 진심으로 감동한 듯 보였고, 보다 재미있는 영화를 만들어 보답하겠다고 다짐했다.

그러자 도젔다리 님은 자신이 입고 있던 재킷 단추를 풀어헤치더니, 속에 입고 있던 반팔 티셔츠를 드러내 보였다.

"어때요?"

"오 마이 갓!"

"재희!"

그녀의 반소매 티셔츠, 내 얼굴이 그려진 캐리커처 티다.

"……."

맙소사, 저런 건 언제 준비한 거야?

그녀는 캐리어에서 똑같은 티를 잔뜩 꺼내 들더니, 영화 크루들에게 일일이 나눠주기 시작했다.

크루들은 재밌어하며 티를 받아들었고, 다수의 사람이 그 자리에서 티셔츠를 입어보았다.

"이거, 썩 마음에 드는군."

"재희와 24시간 함께 있는 기분이야. 훌륭해!"

"……."

하지만 부끄러움은 왜 내 몫일까.

도젔다리 님이 말했다.

"제가 쇼핑몰을 운영하거든요. 한번 준비해 봤어요. 혹시, 마음에 안 드시나요?"

"아, 그럴 리가요. 너무 감사합니다."

"그럼, 괜찮으시면……. 오빠도 입어주시면 안 되나요?"

"아, 네."

도젔다리 님은 쑥스러워하면서도 할 건 다 하는 여자였다.

그녀는 결국 내 옷까지 갈아입히는 데 성공했다.

"꺄르르, 너무 잘 어울려!"

"……."

그녀는 프로다.

"이제 슬슬 나갈까요?"

어쨌든, 오늘의 내 촬영 일정은 모두 끝이 났고 이제부터는 자유 시간이다. 아니, 정확히 말하자면 기자 및 팬들과의 데이트 시간.

"가시죠."

우리는 촬영장에서 빠져나와 하이마운트 사내 로비로 들어섰다.

통제되었던 휴대전화 사용 및 카메라 사용이 허가되자 하이마운트 회사 로고를 배경으로 사진을 찍고 기자 인터뷰를 진행했다.

인터뷰 도중.

"엇! 잠시만요!"

사내 로비를 지나던 내 캐리커처 티를 입은 크루들을 붙잡고 함께 사진을 찍었다.

오랜만의 단독 기삿거리에 기자들의 입이 귀에 걸렸다.

"김치! 김치라고 말하면 돼요."

"킴, 치?"

"예스, 예스."

"킴치!"

"좋아요. 오, 그림 좋다."

"……."

동서양을 막론하고 도재희 티셔츠를 입은 사람들이 모여 찍은 단체 사진. 아마도, 한국에 이런 제목으로 기사가 나가지 않을까.

**[도재희 IN 할리우드. 너도나도, 도재희에게 도져 버렸다.]**

"……."

상상만 해도 얼굴이 화끈거리는걸.

기자님, 제발요.

그 뒤로는, 팬들과 LA 맛집과 명소를 둘러보며 사진을 찍었다. 정해진 팬 미팅 일정만 소화하면 되었던 한국과는 다르게 끝없는 '무한' 사진 촬영이 이어진다.

"꺄하하하! 오빠! 여기 좀 보세요!"

"으익! 내가 너무 못 나왔다. 꺄르르! 다시! 다시!"

"……."

"아앗! 눈 감았어요. 한 장 더요!"

"오빠! 무슨 생각해요? 웃어요!"

"아, 하하……."

"꺄르르르!"

김! 치!

정말이지, 사진 찍는 기계가 된 기분이군.

소소하지만, 팬들의 마음이 담긴 선물들.

다행히, 할리우드 크루들은 우리 팬들의 마음을 귀엽게 봐주었고 나 역시, 만족스러운 하루다.

그러던 와중, 난데없이 카메라 및 조명 장비들이 잔뜩 실린 봉고차가 우리가 앉아 있던 가든 앞에 정차했다.

"왔다."

'일상적인' 스케줄에 들이닥친 '비일상적인' 손님들.

촬영 팀들이 분주하게 장비를 세팅하며 라인을 맞춰 서기 시작했다.

순식간에 만들어진 촬영 팀과 우리들의 경계.

"……왔군요."

팬들은 들뜬 얼굴로 소리쳤다.

"TV 출연이라니!"

"그럼 미국에 제 얼굴이 나오는 건가요?"

이게 무슨 일이냐.

투자를 했으면, 그만큼 이익을 취해야 하는 것이 회사다.

팬들에게 돈을 쓴 만큼, 방미 일정에서 확실하게 뽑아먹어야 했던 L&K는 한국의 기자들뿐만 아니라, 미국 현지 방송국까지 섭외했는데, 이들이 바로.

"하이. 저는 KAN '니콜라스 인터뷰'의 니콜라스입니다."

캘리포니아의 지역 방송 KAN의 기자들과 니콜라스라는 이름의 연예인 리포터였다. 미국 전 주(州)에 방영되는 큰 방송은 아니다. 그런 곳은 섭외하기도 까다로울뿐더러, 내 스케줄에 온전히 맞출 수도 없겠지.

딱, 캘리포니아(LA, 오렌지카운티, 샌디에고)내의 주민들에게 소개되는 일종의 지역지.

하지만, 언젠가 오프라 쇼 같은 미국의 대형 TV쇼에 진출시키려는 L&K의 첫 단추로는 부족함이 없다.

캘리포니아는 미국 인구의 10%를 차지하며, 전 세계 각지의 사람들이 모여 있는 곳이니까.

이런 곳에 돈 한 푼 들이지 않고 인터뷰 방송을 하는 것이다.

리포터인 니콜라스가 말했다.

"한국의 슈퍼스타를 보기 위해, 13시간을 날아온 팬들이 있습니다. 과연, 이 슈퍼스타는 누구일까요?"

아하하. 네, 저요, 저!

# 4장

# 지상 최대의 토크쇼

캘리포니아의 오렌지카운티는 LA에 비하면 작지만 일광욕과 서핑 같은 해상 관광업이 발달한 도시다.

작고 아기자기한 상점들이 모여 있는 도시 외곽. 해안가와 밀밭 사이에서 시작된 야외 촬영. 영화의 메인 배경이 되는 도시인 만큼, 숙소에서 떨어져 꽤 오랫동안 상주하며 촬영을 진행했다.

그런데.

“아오, 모기!”

모기 때문에 미치겠다.

캘리포니아 날씨는, 한국에 비해 매우 따뜻한 편에 속했는데. 벌써 여름이 훌쩍 다가온 터라 모기가 그렇게 귀찮을 수가 없다.

재익이 형이 짜증을 부렸다.

"이거 모기 퇴치제는 왜 먹통이야?"

유독, 재익이 형에게만 모기가 들러붙는 것 같은 이유는 뭘까.

"형 거 한국에서 가지고 온 거죠? 그거 말고, 포스트 포에서 산 이거 써 봐요."

"오, 효과 있어?"

"뭐 그럭저럭."

재익이 형은 "빌어먹을 캘리포니아산 모기"라고 중얼거리며 크림을 팔에 덕지덕지 바르기 시작했다.

아아. 여름이다.

그때, 재익이 형이 시간을 확인하며 중얼거렸다.

"방송 시작할 시간 아냐?"

"다 됐는데요?"

오늘은 일전에 촬영한 토크쇼 〈니콜라스 인터뷰〉가 방영되는 날이다.

재익이 형이 벌떡 일어나 소리쳤다.

"읏차! 우리 팀 집합!"

그러자 밴에 타고 있던 영미 씨와 초희 씨가 밖으로 나와 기지개를 켰다.

"으으!"

"벌써 시간이 이렇게 되었어요?"

그리고 모두가 내 캠핑 트레일러에 올랐다.

자, 여름. 캠핑의 계절, 여름!

요즘에는 돈 주고 캠핑을 다니지 않는가? 할리우드에서는 일상이 캠핑이다.

그야말로, 환상적인 시스템이지!

고시원 수준으로 좁을 것이라 예상했던 내 캠핑 트레일러는, 작은 '집'이나 다름없다. 아니, 이 정도면 한국에서 500/50은 줘야 얻을 수 있는 풀 옵션 원룸 수준이지.

조금 좁은 느낌이 들긴 하지만, 성인 네 명이 들어와도 문제없고. 이곳에서 식사도 하고 요리도 한다.

물론, 씻고 잠도 자고 이렇게 모여 다 함께 TV도 본다.

"여긴 언제 들어와도 장난 아니라니까!"

재익이 형이 씨익, 웃으며 말했다.

할리우드에서는 영화 계약에 아주 중요한 한 부분을 차지하는 것이 바로 이 '캠핑 트레일러'의 규모다.

한국은 발에 차이는 것이 모텔이고 숙소지만 미국은 야외 촬영 시, 숙소 이동으로 소비되는 시간도 만만치 않다.

그렇기에 계약 조건에 자리 잡은, 최상급 캠핑 트레일러에 대한 보장. 이것도 배우의 '급'에 따라 이 트레일러의 퀄리티나 개수에서 차이가 난다.

나는 UAA와 하이마운트에서 신경 써 준 덕분에 최상급의 캠핑 트레일러를 사용하지만.

"아무리 대단해도 조셉 집에 비할까요."

조셉의 캠핑 트레일러에는 도저히 비벼볼 수조차 없다.

조셉은 최상급 캠핑 트레일러 '세 개'를 연결하여 사용하니까.

촬영 중간에 밥을 먹거나, 휴식을 취할 때, 조셉은 항상 내게 말한다.

"재희, 내 집으로 놀러 와."

그는 촬영장에 움직이는 집을 끌고 다닌다.

나는 언젠가 조셉을 뛰어넘는 할리우드 스타가 되어 캠핑 트레일러를 다섯 개씩 선물 받는 배우가 되겠다고 다짐했지만. 이미, 다섯 개를 연결하는 배우가 있다고 한다.

우리가 다 알고 있는 히어로 영화사 M의 강철 갑옷을 두르고 하늘을 나는 그 히어로.

'그럼 언젠가는 일곱 개를 받겠다!'라고 속으로 다짐했지만, 다섯 개만 되어도 이미 하나의 '마을' 수준이다.

아주, 어마어마한. Welcome to JaeHee's Town.

언젠가 오스카를 품에 안고, 트레일러 마을을 만들어 한국 배우들을 몽땅 다 초대하고 싶은 욕망이 꿈틀거린다.

할 수 있겠지?

"오, 시작한다."

캘리포니아 지역 방송 니콜라스 인터뷰가 시작되었다.

불과 며칠 전이지만, 벌써 까마득한 옛날처럼 느껴지는 내 팬들의 LA 방문.

-할리우드 생활은 어때요? 한국보다 좋은가요?

-음, 할리우드 스케일에 여러모로 감탄하고는 합니다만……. 아무래도 팬들이 있는 한국이 더 좋아요.

-하하! 그래서 팬들이 LA까지 찾아왔군요!

별 대수롭지 않은 말에도 꺄르르 꺄르르, 웃어주는 팬들.

그리고 10인의 팬 대표로 인터뷰에 응한 도졌다리 님.

그녀는 당당한 얼굴로, 단상 위에서 웅변이라도 하듯 소리쳤다.

-재희 오빠가 미국에 있든! 남극에 있든! 저희는 무조건 따라갑니다!

"……."

아이, 남극은 너무했어요.

영상을 보던 재익이 형이 생각났다는 듯 말했다.

"아 맞아. 도졌다리 님."

"왜요?"

재익이 형이 입고 있던 내 얼굴이 그려진 캐리커처 티를 가리켰다.

“한국에서 이 캐리커처 티셔츠 정식으로 판매 시작했다고 하더라.”

정식판매?

“에? 정말요?”

누가 이런 걸 산단 말인가.

“응. L&K랑 콜라보해서 팬 카페 위주로 공구 진행시키고, 생긴 수익금은 모두 너 이름이랑 팬 카페 이름으로 기부할 예정이라던데.”

“……”

“하여튼, 젊은데 대단하신 분이야.”

내 이름으로 기부까지. 이거, 한국 돌아가면 언제 식사라도 대접해야 하나 싶을 정도다.

“고맙네요. 정말.”

“웁웁, 그렇지? 그래서 회사 연말 행사 때 초대할까 해. 비즈니스 파트너로.”

“네, 그래 주세요.”

L&K와 비즈니스 파트너인 쇼핑몰이라.

그거, 근사한데.

내 영상은 짧게 지나갔다. 애초에 프로그램 ‘메인’으로 다루지 않은 데다 지역지 특종 성격의 'Weekly Hot Issue' 코너로 다루었기 때문이다.

5분 정도 가볍게 진행된 인터뷰와 인서트 영상들. '우리 재희! 많이 사랑해 주세요!' 라고 카메라 앞에서 흥분하듯 소리 지르던 이무택 대표님 인터뷰는 결국, 편집되었다.

"역시 대표님은 편집되었네."

"깍깍깍!"

대표님의 편집 사실에, 영미 씨는 깍깍 웃으며 햄버거를 잔뜩 입에 밀어 넣었다. 그러자 햄버거 끝에서 케첩이 쭈욱- 떨어지며 내 캐리커처 티셔츠에 묻었다.

케첩이 묻은 캐리커처 티셔츠처럼 입가에 빨간 핏물이 고인 채 그대로 길거리에 나가떨어졌다.

"켁!"

하지만 나는 굴하지 않고 일어나 바닥에 침을 퉤! 뱉어냈다.

"가자, 조."

그리고 멀뚱히 서 있는 조셉의 팔을 잡아끌었다.

밴드 아다지오가 결성된 직후 흔하게 있는 주인공의 고비. 악보는 도둑맞았고, 공연은 엉망이 되었고, 기존에 공연하던 펍(Pub)에서 쫓겨날 위기에 처했다.

"가자니까!"

내가 별안간 소리 지르자 조는 놀란 듯 눈을 크게 뜨더니, 이내 천천히 따라왔다.

나는 씩씩거리며 큰소리로 소리 질렀다.

"널린 게 공연장이야! 아쉬운 게 우린 줄 알아! 이런 밴드를 몰라보다니, 다들 귀가 어떻게 되었군!"

사실, 말은 이렇게 했지만 나 역시 두렵다. 밀린 월세는 당장 어떻게 할 것이며, 밥은 어떻게 할 것인가. 악기를 또 팔아야 할지도 모른다.

"……."

하지만, 약해 보이고 싶지 않아 더 큰소리쳤다.

"걱정하지 마. 내가 다 알아서 할 테니까. 조, 너는 이런 거 신경 쓰지 말고 잃어버린 악보만 신경 쓰라고. 알았지?"

"읍! 읍!"

잔뜩 겁에 질린 조가 고개를 세차게 끄덕였다.

지미집 카메라가 한적한 밤거리의 가로등 불빛과 우리를 내리비춘다.

"이제부터, 진짜 우리 무대가 시작될 거야."

내 마지막 대사, 극 중 배역인 '킴'이자 할리우드에서 신인이나 다름없는 도재희의 염원이 담긴 대사.

그 어느 때보다, 진심을 다해 말했다.

"가자."

오케이 사인이 들려왔다.

-오케이, 그럭저럭 쓸 만했다고. 헤이, 조셉. 나 누군지 알겠어?

"……."

그런데, 오케이 사인이 이상하다.

누구지?

나와 조셉이 동시에 눈을 맞추었다.

"감독님 목소리가 아닌데요?"

"그러게. 누구야?"

신이 끝나고 조셉의 에이전트 몇 경호원들이 헐레벌떡 달려 들어오며 말했다.

"이런 미친! 조셉, 그가 왔어요!"

"그 라니? 누굴 말하는 거야?"

"게라드 윌리엄 주니어요!"

"윌리엄 주니어? '게라드 쇼'의 그 윌리엄?"

"맞아요!"

누구, 아니, 잠깐만. 게라드라고?

내가 조금 멍한 표정을 짓고 있자, 재익이 형이 달려왔다.

그리고 내게 말했다.

"전미 방송 출연 기회야!"

할리우드에서 연예계 사설 정보를 담당하던 작은 파파라치 매거진 대표에서 출발한, 게라드 윌리엄 주니어.

하지만 막대한 자본금을 등 뒤에 업고 60대의 백발 노장이 된 지금은 그 방대한 업계 지식과 인맥으로 미 공영방송국 ABS까지 진출했다.

현재는 〈게라드 쇼〉라는 이름의 할리우드 토크쇼의 진행자가 되었다.

할리우드 깊숙한 곳까지 얽히지 않은 인맥이 없다는 업계의 '대부'와도 같은 남자.

"이런, 조셉!"

"마스터! 여기까지 어쩐 일이에요!"

그런 남자가 이곳 촬영장을 찾은 이유는 별 시답잖으면서도 다분히 비즈니스적인 냄새를 풍겼다.

"도대체 우리 쇼에는 언제 출연할 거야!"

〈포스팅 피아노〉의 흥행으로 차기작에 대한 기대감을 모으고 있는 할리우드 신예, 폴 안토니 감독. 거기에 뜬금없이 하차한 존 미켈. 더 뜬금없는 이름은, 존 미켈을 밀치고 캐스팅

된 조셉 이든 캣맨.

여기에 궁금증을 느낀 게라드는 알아보기 시작했다.

'대체, 조셉이 왜 그 영화에 들어간 거야?'

그러다, 그의 귀에까지 흘러 들어간 것이 내 이름.

KAN에서 방영한 〈니콜라스 인터뷰〉까지 찾아보게 된 그는 작정하고 캘리포니아를 찾았다. 냄새를 맡은 것이다.

'동양인 비하로 구설에 올라 영화에서 하차하게 된 존 미켈. 그리고 이어진 의외의 영입. 그 모든 일에 중심이 되었던 한국의 한 배우.'

이거, 재미있는 소재가 되겠다고.

방송은 인지도를 키우는 데 도움이 된다.

재익이 형의 설명으로는 특히, 〈게라드 쇼〉는 미국에서도 폭발적인 인기를 끄는 방송이라고 한다.

하지만, 그 인기의 비결은.

"재희라고 했던가? 어때요? 조셉과 함께 우리 쇼에 출연하는 것이?"

다분히, 공격적인 질문 성향. 출연자보다는 시청자를 배려하는 저돌적인 질문으로 사랑받는다. 내가 이제껏 응했던 '안전한 성향'의 매체들과는 전혀 다른 느낌.

분명히 게라드라는 이 남자는, 존 미켈과 있었던 일에 대해 질문해 올 것이다.

'이봐요. 대체 그 속에 무슨 일이 있었는데 기사 한 줄이 안 난 거야?'

어쩌면, 나를 궁지로 몰지도 모르겠다.

조셉이 내게 말했다.

"재희, 당장 결정할 수 없는 문제 같으니 에이전트와 상의해 보도록 해."

"아, 네."

조셉이 웃으며 게라드에게 말했다.

"난 재희가 나간다면 긍정적으로 고려해 보도록 하죠. 아, 물론 영화 홍보차 나가는 겁니다. 하하."

"……."

이 방송. 양날의 검이 될지도 모르겠다는 생각을 했다.

저 방송에서 바보처럼 어버버거린다면, 호구 타이틀과 함께 내 할리우드 생활은 일찌감치 종지부를 찍고 끝나 버리는 것이고.

만약 반대라면?

시시한 잡것들은 앞으로 나를 건들지 않을지도 모른다.

또 덩달아 인지도가 치솟겠지.

운 좋으면 강단 있고 소신 있는 발언을 한 동양인 배우 정도로 포장될지도 모르고, 운 나쁘면, 센 척하는 놈으로 찍힐지도 모른다.

게라드와의 짧은 만남이 끝나고, 재익이 형이 L&K와 통화를 하는 사이 조셉이 내게 다가왔다.

"이봐, 재희."

"아, 조셉."

"고민이 많은 모양이군?"

"아, 쇼 성향에 대해 조금 들었어요."

"게라드 윌리엄 주니어. 그의 질문이 조금 직설적이라 그렇지, 나쁜 인물은 아냐. 내가 재희 고민에 대해 힌트를 하나 주자면."

"……?"

"그는, 약자들의 편이야."

약자들의 편?

"그게 무슨 말이죠?"

조셉이 당연하다는 듯 웃으며 말했다.

"게라드는 마약을 하는 할리우드 스타들이나, 섹스 스캔들, 성 로비 따위를 조사하던 인물이야. 위에 있는 자를 끌어내리는 데 익숙한 남자지."

애초에 자신의 덩치를 불릴 수 있었던 이유가 바로, 할리우드 파파라치 매거진이었다.

위에 있던 놈이 끌려 내려오면.

가장 기뻐하는 자들은, 그 아래에 웅크리고 있는 자들.

오히려, 은인 같은 존재라는 건가.

조셉이 확정 짓듯 말했다.

"게라드는 오히려 존 미켈을 고발하고 싶어 안달 났을 거야."

"……."

아? 저자의 관심은 내가 아니다.

인종 비하로 영화에서 하차했지만, 기사 한 줄 나가지 않았던 할리우드 스타를 찍어 누르는 데에 관심이 있을 뿐이다.

내 입꼬리가 올라갔다. 아, 명쾌하게 정리가 된다.

나는 조금 전, 벨은 대사를 떠올렸다.

'이제부터 우리의 무대가 시작될 거야.'

세상 모든 일이 '운' 하나로 돌아가지는 않는다.

그렇다고 '실력' 하나로 돌아가느냐? 그것도 아니다.

물고 물리는 톱니바퀴를 이리저리 잘 옮겨 타며, 본인 스스로가 '최상의 패'를 잡기 위해 바쁘게 움직여야 한다.

가만히 있으면, 톱니에 찍혀 아웃 될 것이고, 너무 바삐 움직이려 해도 넘어지는 것이 일상다반사.

모든 일에는 정해진 템포와 순서가 있다.

하물며, 이 바닥은 어떨까.

모르긴 몰라도, 톱니에 찍혀 한 놈이 미끄러지면, 그만큼 올라가는 놈이 있게 마련이다.

그리고 나는, 내 순서를 기다리고 있다.

L&K에서는 〈게라드 쇼〉에 출연하는 것에 대해서 정확히 '기대 반', '우려 반'을 표했다.

우선, '기대 반'. 애초에 캘리포니아 지역방송 KAN의 〈니콜라스 인터뷰〉까지 섭외했던 이유는, 전미 방송에 나를 태워 올릴 기폭제가 되었으면 하는 바람이었다.

그런데, 곧바로 연락이 왔다.

"미쳤어요! 게라드 쇼라니! 미국에서 가장 많은 화제를 불러일으키는 토크쇼라고요!"

"이거, 스케일이 너무 커지는 거 아냐?"

이럴 수가! 〈게라드 쇼〉라니!

공영 방송 ABS의 프라이데이 나잇을 장식하는 황금 프로그램이다. 돈 주고도 나가지 못하는 방송에서 나를 찾다니!

하지만, 그 속내를 들여다보자면 '우려 반'이 나올 수밖에. '하차'로 마무리 짓고 적당히 모른 척 넘어가려 했던, 할리우드의 더러운 치부를 들추려는 일이니까.

어쩌면, 난 '피해자'를 연기해야 한다. 이건, 단순한 '도재희 개인'의 문제가 아니다. 적당히 하차로 마무리 지으려 했던, 하이마운트도 문제가 될지 모른다.

하지만, 사건은 의외의 곳에서 전환점을 맞았다.

일전에 내게 공식적으로 사과를 전달했던 하이마운트의 이사 '케빈'. 그가 내 트레일러를 찾았다.

"오셨어요?"

"재희, 오랜만이네요. 미안해요. 진즉에 한 번 촬영장에 들르려고 했는데, 이제야 오게 되네요."

"바쁘실 테니까요."

"뭐, 그런 셈이죠."

자, 간단한 안부 인사가 오갔다.

나는 케빈이 이 시점에 나를 찾은 이유에 대해 정확히 캐치하고 있다. 그 역시, 굳이 눈치를 보지는 않았다.

"제가 재희를 찾은 이유는, 이미 알고 있으리라고 생각합니다. '게라드 쇼'에서 온 제의. 분명, 재희에게 큰 도움이 될 겁니다. 알아요. 할리우드에 이름을 알릴 좋은 기회죠."

케빈은 진지한 얼굴로 말했다.

"하고 싶은 말은, 저희를 신경 쓰지 않아도 좋다는 말입니다. 재희 하고 싶은 대로 하세요."

"……."

"나는 재희가 당당해져도 좋다고 생각합니다."

오호라.

"잘못은 우리에게 있는 것이 아니니까요. 모든 일은 공정하게 정리되었습니다."

만약, <게라드 쇼>에서 내가 겪은 더러운 이야기를 꺼낸다고 하더라도, 하이마운트 측에 똥물이 튈 염려는 하지 않아도 좋다는 얘기다.

거기다.

"난 오히려 존 미켈의 반응에 크게 실망하고 있어요. 뒤에서 우리 얘기를 안 좋게 하고 다닌다고 하더군요."

오히려, 존 미켈은 뒤에서 나에 대해 안 좋은 소문을 퍼뜨리고 여전히 주변 배우들에게 비하하고, 하이마운트가 배신했다느니, 떠들고 다닌다고 한다.

내 팬들의 미국 방문 역시, 기사로 접한 존 미켈은.

"……."

말도 말자. 어떤 쓰레기 같은 말을 떠들고 다녔을지 고민할 필요도 없다.

어쨌든, 케빈은 피해자를 연기할 필요 없이 내가 당당해져도 좋다고 말하고 있다.

"난 오히려, 재희가 소신 있게 토크쇼를 밀어붙였으면 좋겠어요."

"그거, 정말인가요?"

"물론, 재희의 에이전시가 허락한다면. 껄껄!"

그래. 모든 선택은 나로부터. 그리고 책임도 내가 진다.

페널티가 있으면, 보상도 큰 법이다.

모든 일은 이렇게 시작되고.

"좋아요, 케빈."

나는, 한 계단 더 올라갈 준비가 되어 있다.

〈게라드 쇼〉. ABS에서 제작하는 프라이데이 나잇을 장식하는 미국에서 가장 시원시원한 생방송 토크쇼.

이 토크쇼에 출연하는 출연자들은, 대개 할리우드의 유명 배우 혹은 제작자들. 출연 시에 나누는 대화는 통상적인 인터뷰가 아니다.

이를테면, 논란을 일으킨 뒤 공백기를 가진 스타가 자신의 솔직한 심경을 털어놓으며 복귀하거나, 중년의 배우가 살아오며 쌓은 필모그래피를 돌아보거나, 할리우드라는 꽃밭 뒤에 숨겨져 있던 더러운 논란을 해명하는 에피소드가 다수다.

'홍보'라는 측면에서 보자면 가장 거리가 먼 프로그램이지만, 역으로 집중도가 높아서 홍보는 자연스럽게 따라온다.

이 프로그램을 통해 도약한 배우들이 아주 많다.

또, 그만큼 고꾸라진 배우들도 아주 많다.

"내가 회사 통해서 많이 알아봤거든."

재익이 형은 인근 로스앤젤레스에 소재한 ABS 스튜디오에 도착한 뒤, 굳게 닫힌 입을 열었다.

"이 프로그램. 잘만하면 잭팟이야. 게라드라는 그 양반, 할리우드에 인맥이 장난이 아니더라고."

자, 이런 프로그램의 도움 따위 없이 온전히 실력으로만 성공할 수 있다면 좋지.

하지만, 나는 효율적인 선택을 할 필요가 있다.

영화 〈아다지오〉가 개봉하고, 반응을 살펴보고, 또 다음 차기작을 기다리기까지 걸리는 시간. 이걸, 감내하며 몇 년이고 기다릴 것이냐.

아니면.

"이번에 안면 터놓으면 동아줄 하나 제대로 쥐는 셈이야."

"……."

보다 많이 뛰어서, 그 시기를 앞당길 것이냐.

내 선택은, 당연히 후자다.

위험이 있다고? 위험 없는 삶은 없고, 나는 이제껏 동일한 선택을 해왔다.

우리는 짙은 갈색의 10층 정도 되는 건물인 ABS 스튜디오로 들어섰다.

에이전트 빌은 익숙하다는 듯 앞장서 걸었고 본관 지하에 위치한 <게라드 쇼> 녹화 대기실로 안내해 주었다.

"여기서 기다리시면 돼요. 아, 조셉은 옆방에 있습니다."

"감사해요."

나는 조셉과 함께 출연한다.

잠시 대기실에 앉아 기다리자, 연출 인이어를 낀 크루와 작가로 보이는 여자가 들어오더니 내게 대본을 건네주며 프로그램 녹화 순서에 대해 설명하기 시작했다.

며칠 전 진행한 사전 인터뷰로 이미 간략한 대본은 만들어 둔 상태.

방청객 없이 리허설을 러프하게 진행하며, 리허설 때 길어지는 대사는 잘라내는 첨삭 과정을 한 번 거칠 예정이다.

그리고 방청객이 입장하고, 대기시간을 거쳐 본 방송에 들어간다.

규모만 커졌지, 한국과 별반 다를 것 없는 시스템. 크루들은 이 방송이 '생방송'이라는 점을 계속해서 고지시켰다.

입조심. 말조심. 말이 생각나지 않으면, 차라리 카메라 빨간불이 돌지 않는 타이밍에 맞춰, 대본을 한 번 보고 깔끔하게 말을 이으라는 지시.

나는 고개를 끄덕였다.

"오케이, 이해했어요."

다 안다고요. 이 양반들아.

크루들이 대기실을 빠져나가고, 재익이 형이 화장실에 들어간 사이 나는 반듯하게 제작되어 테이블 위에 올려져 있는 쪽대본을 들어 올렸다.

**[흡수하시겠습니까?]**

당연하지.

녹화가 시작되었다.

"지상 최대의 거침없는 할리우드 이야기! '게라드 쇼!'가 이번 주에도 찾아왔습니다. 한 주간 안녕하셨는지!"

"와아!"

게라드 윌리엄 주니어. 그는, 백발이 성성한 60대지만 무대 위에서는 누구보다 강인한 전사 같아 보였다.

마이크를 꽉 움켜쥐고 이를 으르렁거리며, 관객들의 혼을 쏙 빼놓는다.

"오늘 모실 손님들은, 지난주에 예고 드린 대로 두 명입니다. 먼저, 처음으로 모실 손님은 이미 저희 쇼를 거쳐 간 스타입니다. 본인이 제작한 영화 홍보차 나왔다가, 뜬금없이 폴 안토니 감독의 차기작에 탑승한 조셉 이든 캣맨!"

이미, <게라드 쇼>에 한번 출연한 경험이 있는 조셉에게 뜨거운 박수와 환호가 터져 나왔다.

"게라드! 오랜만입니다!"

"어서 와요. 우리는 항상 당신을 기다렸다고!"

"정말요?"

"그럼! 절대 다른 사람이 만드는 영화에 출연하지 않을 것처럼 굴어놓고 마음이 변한 이유가 뭔지 궁금했으니까!"

나는 무대 사이드 스테이지에서 대기했다. 그리고 프론트 스테이지에서 움직이는 녹화용 달리 카메라들을 주시했다.

이미, 익숙한 녹화장이다.

물론, 수많은 시상식을 겪으며 생방송도 경험해 보았다.

콘티에는 여러 종류가 있지만, 방송계에서 흔히 쓰이는 콘티에는 크게 두 종류가 있다.

ENG콘티냐, 녹화 콘티냐.

ENG콘티는 야외 촬영용 콘티로 카메라 샷 사이즈에 대한 자세한 서술은 되어 있지 않다.

그에 반해, 녹화 콘티는.

'원.'

'이번에는 투.'

'다음 컷은 쓰리 카메라.'

원, 투, 쓰리, 포. 수많은 카메라. 정해진 대본에 맞춰, 풀 샷을 쓸지, 조셉의 바스트를 쓸지, 내 타이트 바스트를 쓸지 등에 대해 모든 샷 사이즈와 순서가 기입되어 있다.

이를 통해 녹화(저장)를 하느냐, 생중계를 하느냐.

틀은 똑같다. 빨간 불이 들어오는 카메라가 부조정실 메인에 걸리고, 시청자들에게 보여지는 카메라다.

내 머릿속에는 이 녹화 콘티가 완벽하게 굴러다니고 있고.

이런 생방송이던, 녹화건, 언제 무슨 사이즈의 컷이 들어갈지 정확히 꿰고 있다. 즉, 나는 카메라 순서에 맞춰 내가 원하는 방식대로 '연출'도 가능하다.

"조셉! 이번에, 함께 온 친구가 있다고요?"

"맞아요. 한국에서 온 친굽니다."

"누군지 우리가 맞춰볼 수 있게 간략하게 소개 좀 해주시죠."

"음, 이미 그는 한국에서 많은 것을 이룬 톱스타에요. 처음 그를 만난 것은, 2019년 1월. 선댄스 영화제였죠. 힌트를 드리자면, 선댄스에서 월드시네마 드라마 부문 대상을 수상한 작품 주연배우입니다. 당시에는 지금처럼 유명하지는 않았지만, 짧은 시간동안 매우 괄목할만한 성과를 이룬 아주 젊고 유능한 친구죠."

"그래요? 무슨 관계입니까?"

"친구. 하지만 언젠가는 반드시 내 영화에 사로잡고 싶은 비즈니스 파트너이기도 하죠."

'다음은, 객석 카메라.'

내가 예상한 정확한 타이밍에 객석을 비추는 카메라에 빨간 불이 들어왔다.

'누구지? 선댄스?'

웅성거리는 장면의 연출이 끝나고, 다시 풀 샷으로 변한 뒤. 빠르게 게라드의 바스트 컷으로 바뀌었다.

"오호라. 저는 누군지 알 것 같은데요. 이 늙은이의 정보망을 피해갈 수 있는 배우는 없어요. 어디 한번 제가 짐작해 보죠. 혹시, 지금 같은 영화에 출연하는 배우가 아닙니까?"

능청스러운 게라드의 연기에 조셉이 환하게 웃으며 화답했다.

"네, 맞아요. 영화 홍보 목적으로 나온 것을 인정합니다."

그러자 객석에서 웃음이 터져 나왔다.

분위기가 조금 달아오르기 시작한다.

"오케이. 더 이상 시간 끌다가는, 관객들에게 혼나겠군요. 이제 그를 모셔보도록 하죠. 한국에서 온 배우, 재희! 입니다!"

생소한 이름에도, 방청객 알바들은 열화와 같은 함성을 보내주었다.

나는 여유롭게 웃으며 플로어를 밟았다.

머리를 포마드로 깔끔하게 말아 올리고, 짙은 자주색 정장에 갈색 로퍼를 신었다.

또각, 또각.

무대를 걷는 느낌이 조금 다르다.

<게라드 쇼>는 동 시간대 전미 시청률의 최상단을 달릴뿐더러, 세계적으로 숱한 화제를 뿌리는 프로그램이다.

이곳에 출연하다니.

그리고 지금. 정확한 타이밍에 플로어 매니저가 손을 들어 올리며 쓰리 카메라. 즉, 나를 정면으로 비추는 카메라 상단에 빨간 불이 번쩍였다.

나는 TV를 통해 나를 보고 있을, 전 세계의 시청자들에게 여유롭게 웃으며 말했다.

"반가워요. 한국에서 온 재희입니다."

내 이름을 전 세계에 던진 순간이다.

무대 위 소파 가장 좌측에 게라드가 앉았고, 센터에 조셉이 가장 우측에 내가 앉았다.

<게라드 쇼>의 시작은 그 소문난 명성에 비해 아주 부드럽게 흘러갔다.

"요즘 촬영 중인 영화는 무슨 내용입니까?"

"노래하는 청춘들에 대한 영화입니다. 꿈은 있지만, 아직은 올라서지 못한 뮤지션들에 대한 이야기를 그린 영화죠."

"그거 진부하지만 흥미로운데요. 이런 영화는 힘이 있죠. 지금은 사이드에 숨죽이고 살지만, 세상을 향해 소리쳐요. 네들만 살아 있냐! 나도 버젓이 숨 쉬고 있다! 이렇게."

"하하! 맞아요."

"촬영은 어때요?"

"모든 게 다 좋아요. 벌써 막바지 촬영이 진행 중입니다."

조셉의 근황에 대한 이야기로 시작하고 5분여가 흘렀다.

그때, 돌연 게라드가 미끼를 던졌다.

모두 약속된, 레퍼토리다.

"그런데 여기서 한 가지 의문. 폴 안토니 감독의 차기작에 캐스팅 확정이 되었다는 배우는, 조셉이 아니라 다른 배우였어요. 그게 누군지는 여기 모두가 알지만, 우리는 그를 존중하기에 앞으로 이 배우를 A라고 하죠. 여기서 질문. 근데, 왜 하루 만에 주연배우가 A에서 조셉으로 바뀐 거야? 모두가 궁금해한다고요."

게라드의 질문의 끝이 내게 향했다.

"여기에 대해 할 말이 있다고요. 재희?"

정확한 타이밍에 쓰리 카메라가 번쩍였고.

나는 피해자가 되는 대신.

별 대수롭지 않은 일이라는 듯, 여유롭게 말했다.

"대단한 일은 아니에요. 뭐, 흔하게 따라붙는 일종의 질투 같은 거죠. 너, 피부색이 왜 이래? 나랑 왜 다른 거야? 블라블라블라."

"재희. 우리는 확실하게 대답해 주길 원해요. 지금, A에게 인종 차별을 당했다는 말인가요?"

"아뇨. 단지 제가 지나가자 코를 틀어막으며 불쾌한 표정을 지어 보였을 뿐이에요. 실제로 A에게 잘못은 없을지도 몰라요. 갑자기 자기 발 냄새가 역겹게 느껴졌다거나, 코에 파리가 들어갔을지도 모르죠."

내 말에 좌중이 웃음바다로 변했다.

"크하하! 심각한 문제를 가볍게 말하는 재주가 있네요."

"새겨들을 필요가 없으니까요. 아마도 제가 LA에 머무는 동안 앞으로도 비슷한 얘기가 따라붙을 겁니다. '너는 왜 여기에 있는 거야? 한국으로 돌아가!' 이렇게요. 이건 일종의 고칠 수 없는 질병(Bug)이죠. 하지만 한국에는 이런 말이 있어요. 벌레(Bug)도 밟으면 꿈틀거린다고. 그래서 난 계속 꿈틀거려 줄 겁니다."

미국인들은 이런 언어 유희를 좋아하는 모양이다.

게라드가 빵! 하고 터져 버렸다.

"크흐하하하하! 벌레가 되지 않으려면, 앞으로 입조심하는 게 좋을 듯합니다. 그래서요?"

"뭐, 꿈틀거렸죠."

"크하하!"

그 뒤로는 우리가 다 아는 이야기다.

"난 A에게 따져 물었죠. '네 태도를 확실히 해! 이 유치한 자식.' 그 뒤로, A가 영화사에 하차 의사를 밝혔어요. 저와 함께

하기 싫었던 모양입니다만, 결국 원하는 대로 된 것 같네요."

분위기는 내게 매우 호의적으로 돌아갔다.

한때 파파라치 매거진을 운영하며, 할리우드 헌터로 불리던 게라드가 공영 방송의 사회자가 된 것에는, 그만한 이유가 있다.

"화끈하네요!"

최소한, 뭐가 맞는 건지는 안다.

게라드가 힘주어 말했다.

"제가 대신 경고해 주고 싶어요. 이런 일은, 할리우드를 욕보이는 일입니다. 반드시 사라져야 해요. 최근 시상식에서도 이와 같은 문제가 불거진 것으로 아는데. 이는 할리우드의 수치입니다."

그리고 나는 웃으며 말했다.

정확한 타이트 바스트에, 카메라를 노려보며.

"앞으로도 비슷한 일이 생길 시에는, 따져 물을 생각입니다. 너, 나랑 싸울 준비 된 거 맞아?"

"하하! 그 싸움에 나도 동참하고 싶군요. 만약 비슷한 일이 생기면 언제든 우리 '게라드 쇼'에 연락 주세요, 재희! 시청자들도 기다리고 있을 겁니다. 내가 대신 고함쳐 줄게요. 내가 그만하라고 했지!"

"하하! 게라드, 고마워요. 아마, 내일부터는 저를 비롯한 모든 아시아 배우들이 '게라드 쇼' 트위터에 '좋아요'를 누를 겁니다."

분위기가 조금 떠들썩해졌다.

하지만 나는 이 분위기가 단순히 왁자하게 끝나는 것을 원치 않았고 풀샷 타이밍에 손을 들어 올렸다.

그러자 게라드가 말했다.

“재희, 할 말이 남았나 보군요?”

“네.”

예정에 없던 쓰리 카메라에 불이 들어오고, 나는 입을 열었다. 공기가 착 가라앉았다.

“가볍게 말했지만, 진지한 문제입니다. 우리는, 이런 일로 꿈을 잃고 싶지 않아요. 도와주세요.”

시종일관 유쾌하던 토크쇼 분위기가 아주 잠시 무거워졌다. 게라드가 잠시 침묵하더니, 나를 지긋이 바라보며 대본에 없던 말을 했다.

“재희, 당신이 출연하는 영화 이야기군요.”

내가 쓰게 웃어 보였다.

“정확해요. 게라드.”

괜히, ABS의 간판 토크쇼가 아닌 것일까.

〈게라드 쇼〉의 파장은 엄청났다.

방송이 나간 직후인 토요일 새벽, 밤새 전미 검색어에 내 이름이 오르내렸고 아시아권, 혹은 차별을 당한 경험이 있는 흑인 배우들은 저마다 내 의견을 지지한다는 의사를 표명했다.

원치 않았던 인터넷 캠페인까지 일어날 지경이었다.

저마다 트위터나 자신의 SNS 계정에 내 '성씨'인 #Do를 달고 차별을 당했던 경험담을 쏟아내고 'Do'라는 영 단어 뜻처럼, 실천하려는 희망을 전달했다.

그리고 이 SNS 사이에는.

"도재희의 행보를 지지합니다."

조승희도 있었다.

뭐, 이것으로 모든 할리우드 시스템이 바뀌지는 않을 것이다. 그저, 조금의 인식 정도만 바뀌었으면 하는 바람일 뿐.

내가 선두에서 이 틀을 닦아나가고 싶다는 생각을 했다.

보다 큰 꿈을 펼칠 수 있는, 무대가 마련되길.

방송으로 얻은 인지도는, 상상을 초월할 정도였다.

하룻밤 사이에 전 세계적인 유명 셀럽이 되어버렸다.

물론, 이런 일에 관심을 가지는 다수의 사람은 아시아권 사람들이지만 게라드 쇼와 L&K 회사 트위터 계정은 팔로워 수가 폭발적으로 늘어났고.

'서양인들의 쇼에서 내뱉은 동양인 배우의 일침! 잘 봤습니다!'

'할리우드에서 코를 납작하게 눌러주길!'

나를 향한 응원의 메시지는 매일 수백 개씩 쏟아졌다.

"이럴 수가. 더 이상 내가 알던 재희가 아니게 되어버렸어."

"에이, 저는 어제와 똑같아요."

"아냐, 틀려! 아주 완전히 달라졌어."

"……."

나는 여전히 며칠 전과 똑같은, 할리우드에서 성공을 거두길 원하는 배우 중 한 명이지만 더 이상 주변에서는 그렇게 보질 않는다.

할리우드 배우들과 제작자들이 단숨에 주목하는 배우가 되어버렸다.

물론, 굳이 언급하지는 않겠지만 호의적인 얘기만 있는 것은 아니다.

재익이 형은 하루하루 급변하는 분위기에 UAA에 경호원을 요청했고, 경호원 두 명이 항시 나를 따라다녔다.

"……."

이럴 수가! 엄청, 낯간지럽다고!

이제는 화장실 갈 때도 경호원이 따라 들어온다.

"적응해야 해."

불편하지만, 어쩔 수 없는 걸까.

노래 한 곡으로, 유튜브 1억 조회 수를 돌파하고 세계적인 아티스트가 된 국내 가수를 떠올렸다.

사실 반응이 이렇게까지 폭발적일 줄은 몰랐지만.

'영향력은 파도와 같아.'

재익이 형의 옛날 충고를 미루어 볼 때, 예견된 일인지도 모르겠다.

이제껏 억눌려 있던 파도들이 너무 많았고 이제 그 파도들이 배출될 수 있는 출구가 조금 열렸을 뿐이다.

좁은 출구를 통해 너도나도 쏟아지니, 자연스러운 반응이랄까.

그 이후에, 조금 다른 분위기의 미국 토크쇼에서는 섭외 요청이 줄지어 들어왔고 몇몇 대학이나 기관에서는 강연 요청까지 들어오는 해프닝도 일어났다.

하지만 나는, 한사코 모두 거절했다.

이런 입에 발린 '말'만으로 인지도를 끌어올리려던 것이 아니다.

내 모든 목적은 연기에 있고 이를 이루는 수단은, 대본 속에 살아 있는 캐릭터 속에만 존재한다.

이번 인지도를 통해 보다 수월한 할리우드 활동이 가능해졌다면 그것으로, 충분히 만족한다.

··• 5장 •··

# 어쿠스틱 오렌지 카운티

오늘은 영화 〈아다지오〉의 마지막 촬영 날이다.

하지만 더 이상, '우리만의 촬영'이 아니게 되었다.

"카메오 한 자리 만들어 줄 수 없나?"

"어서 와요, 게라드. 얼마든지 만들어 드려야죠!"

〈게라드 쇼〉의 게라드 윌리엄 주니어가 펍의 주인 역할로 노 개런티 카메오를 자처하며 영화에 출연하기로 했고.

"저희도 돕고 싶습니다!"

할리우드에서 활동하는 외국인 배우들이 너도나도 우정 출연을 하게 해달라고 요청한 탓에 출연 예정이던 보조출연자들을 모두 취소하기도 했다.

영화의 마지막 촬영이자, 내가 밴드 아다지오의 보컬로서 노래를 부르는 마지막 공연, 또 영화의 엔딩.

이 공연을, 할리우드에서 유명하지는 않지만 누구보다 열정적인 배우들이 관객 역할로 참여하여 메우기로 했다.

일종의 '할리우드 파티'를 연상케 한, 촬영 현장은 오렌지카운티의 어느 작은 펍(Pub)에서 이루어졌다.

"이럴 수가!"

난데없이 일어난 별들의 전쟁에 폴 안토니 감독은 흥분감을 감추지 못했다.

"이거, 바스트 한 컷씩은 모두 담아드려야 하는데. 어떻게 찍을지 모르겠네. 우선 좀, 모여 앉아볼까요?"

영화에서 주연은 못되지만, 조연이나 비중 있는 단역을 맡아오던 배우들이 한자리에 모였다.

이거, 그냥 영화의 한 장면인데?

"재희! 이게 모두 다 재희 때문이야! 이런 시련을 내게 주다니!"

폴 안토니 감독의 즐거운 비명과 함께 슛 사인이 돌았다.

무대 위에는 나와, 조셉. 그리고 밴드 아다지오 멤버들이 서 있다.

-액션!

카메라가 돌아가고, 우리는 모두 긴장된 기색으로 서로 눈을 맞추었다.

"가자!"

드러머의 외침과 동시에 폭발적인 반주가 시작되었다.

드럼을 부술 기세로 내려치는 드러머. 손이 보이지 않는 키보더. 머리를 세차게 흔드는 베이시스트.

그리고. 마이크 하나를 사이에 두고 서 있는 나와 조셉.

시작은 내가 먼저였다.

'Drawing drive.'

같은 그림을 그리며, 즐거운 드라이브에 나서는 우리들의 힘찬 외침.

I like to paint. 나는 그림 그리는 일이 좋아.

Painting a car. 자동차를 그리고

I also draw airplanes. 비행기도 그리지.

내가 노래를 부르고, 말 못 하는 조셉은 활짝 웃는 얼굴로 한참을 서성였다. 그의 입술이 옴짝달짝 거린다.

그리고 드디어 입술이 활짝 열렸다.

Draw a dream. 꿈을 그리다.

어, 조셉이 말을 했어.

내 눈이 크게 뜨였고, 피부엔 닭살이 돋아났다.

밴드원들 모두가 똑같은 감동을 느꼈고, 조셉 역시 놀란 듯 눈을 크게 뜨고 노래했다. 즐겁고 유쾌한 목소리였다.

영화의 엔딩에 걸맞게, 관객들의 반응은 그야말로 폭발적이었다.

프로 배우들이라 그런가. 연기가 전혀, 어색하지 않다. 아니, 이들은 정말로 이 무대를 즐기고 있는지도 모르겠다.

'유명 프로듀서' 역으로 특별출연한 엘라니 오코너가 맥주병을 흔들며 소리쳤다.

"정말 환상적이야!"

나와 조셉은 함께 호흡하며 계속해서 노래했다.

I like to paint. 나는 그림 그리는 일이 좋아.

Painting a car. 자동차를 그리고

I also draw airplanes. 비행기도 그리지.

극 중에서 내내 말 못 하던 조셉이 마지막에 입을 열었다.

할리우드에서 숨죽이고 살던, 우리 같은 배우들이 입을 열었다. 모두가 같은 감정을 공유하고 있는 것 같았다.

그래, 입 닫고 살지 말자!

"락앤롤이야!"

"즐겨!"

분위기는 한없이 달아올랐고 내 가슴 역시 한껏 부풀어 올랐다.

"후아!"

오늘 같은 날에는, 마음껏 취해야지.

여기 모인 이들은, 내게 호감을 품고 자진해서 영화에 출연하겠다고 온 사람들이다. 백인, 흑인, 동양인. 가릴 것 없이 모인 배우들과 영화 제작자, 방송인들.

영화 〈아다지오〉의 쫑파티는.

뻥! 푸슈슈슈슉!

"마셔요!"

내가 터뜨린 샴페인 축포와 함께 시작되었다.

마시고 죽자 같은 문화는 한국에만 있는 줄 알았는데.

뻥! 뻐버버벙! 뻥!

이날을 위해 하이마운트 측에서 대관한 웨스트 할리우드

중심에 있는 야외 가든 잔디에 샴페인이 줄지어 터지고 보드카, 위스키, 샴페인, 칵테일 가릴 것 없이 각양각색의 술들이 잔에 채워졌다.

10m 길이의 테이블 위에 놓인 술잔들에 채워지는 오색찬란한 술들. 바텐더들이 즉석에서 칵테일을 만들어주고, 웨이트리스가 트라이에 술잔을 올려두고 움직인다.

그러면, 외치는 거지.

"방금 들고 온 거, 똑같이 두 잔씩 부탁합니다!"

파티에 참석한 그 누구도 취하지 못했다. 오늘 밤은 너무 길고, 인사를 나눠야 할 사람들은 끝이 없으니까.

"이봐요, 재희. '게라드 쇼'에서 너무 인상적이었어요. 저는 할리우드에서 조그만 영화사를 운영하고 있는데……."

"아니, 잠깐. 제가 먼저라고요. 일단, 한잔 받아요. 재희. 우선 할리우드 데뷔를 축하합니다."

이곳에 모인 사람만 백여 명이 넘어간다.

나만 하더라도, 한국에서 온 두 명의 대표를 비롯한 스탭과 경호 인원만 해도 열 명이 넘으니, 조셉이나 엘라니 오코너 측 인원들은 말할 것도 없다.

모 할리우드 영화의 한 장면이 떠오른다.

실내 수영장이 있는 고급 별장에서, 마이크를 쥐고 자신의 회사 직원들에게 화끈하게 괴성을 내지르는 남자 배우.

'쇼는 계속됩니다!'

우리들의 쇼는 계속된다.

한국에서 즐기던 삼겹살에 소주가 그립긴 하지만.

이런 경험도, 나쁘지는 않은데?

모두가 흠뻑 취해가는 와중, 느지막한 시간에 막차에 탑승한 사람들이 있었다.

새로운 사람이 와도 모를 정도로 정신없는 시간이 흘러 가운데. 유독, 주변 사람들을 빠르게 모으는 사람들.

파티장 내부에 하나의 써클이 생겨났다.

'뭐지? 누구야?'

나 역시, 이를 인지했고 까치발을 들어, 가든 입구를 향해 고개를 빼꼼 내밀었다.

잘 안 보인다.

도대체 누가 왔길래 저러지?

그때, 폴 안토니 감독이 소리쳤다.

"자! 모두들 주목해 주세요!"

이미 새빨간 얼굴로 술에 잔뜩 취한 폴 안토니 감독이 소리 지르다, 입을 틀어막았으나 불상사는 일어나지 않았다.

잠시 자리에서 휘청이던 폴 안토니 감독이, 고개를 세차게 흔들며 말했다.

"어우, 머리가 핑글핑글 도는군. 제기랄! 집중! 여기 누가 왔는지 다들 안 궁금해요!"

그제야 시끌벅적하던 파티장이, 점차 고요해졌다.

모두가 시선을 폴 안토니 감독에게 집중시켰다.

그리고 그 옆으로도.

"이럴 수가!"

그리고 모두가 놀라 입을 쩍 벌렸다.

"오웬!"

주변의 무명 배우들이 입을 쩍, 벌렸다.

같은 자리에 있다는 것이 믿기지 않는 거물들이 여기 도대체 몇 명이야!

나 역시, 마찬가지다.

모두의 시선이 집중되자, 그제야 자랑스럽다는 듯 폴 안토니 감독이 두 팔을 들어 올렸다.

"오웬 감독님들이 우리를 축하해 주러 오셨다고!"

"뭐? 정말?"

못 보던 남자가…… 두 명이다.

재익이 형이 저 먼발치에서 두 주먹을 불끈 쥔 채 잔뜩 흥분했다. 당장에라도 달려가서 명함을 꽂아주고 싶은 듯 보였지만, 이쪽으로 다가오지는 못했다.

일개 매니저가 출연을 운운할, 그 정도 '급'이 아니다.

촬영 현장에서 무형의 아우라를 풍기며 스탭들에게 '절대적'

지지를 받는 남자들. 장소가 파티장이라고 다를까.

"마스터! 오셨군요!"

이들을 아는 사람들은 '마스터'라 칭하는 거장.

오웬 형제, 아카데미와 칸이 사랑하는 남자. 아카데미에서만 8회 수상했고, 칸에서만 6회 상패를 들어 올린 형제들.

한 명은 감독으로, 한 명은 제작자로. 1980년대 독립 영화부터 시작해, 지금까지 세계 영화계에 획을 그어내며 본인들만의 색깔을 공고히 다져온 천재들.

독립 영화 하면, 이들의 이름을 떠올리는 사람들이 많다.

물론, 한국의 독립 영화와 비교할 수가 없다.

이들이, 왜 여기에 있단 말인가?

"……."

잘 모르겠지만, 폴 안토니 감독과 안면이 있는 듯 보였다.

또, 조셉과도 약간의 안면은 있는 듯 보인다.

조셉과 오웬의 공통점을 떠올려보자면, 가장 먼저 떠오르는 것은 역시, '선댄스' 영화제다. 선댄스를 거쳐 갔던 오웬 감독과, 선댄스와 유독 인연이 깊은 배우 조셉.

나는 침을 꿀꺽 삼켰다. 나를 어필하고 싶어진다. 어쩔 수 없는 본능이기도 하다. 배우라면, 이런 거장의 영화에 출연하고 싶으니까.

재익이 형이 잔뜩 흥분한 이유도, 같을 것이다.

당장, 너를 어필해! 이름을 머릿속에 박아 넣어버려! 당장 이 기회를 잡으라고!

하지만 선불리 입을 열지 못했다. 이들에게 나는, 그저 숱하게 많은 동양인 배우 중 하나일 테니까.

응?

'어제 알던 재희가 아니게 되어버렸어.'

……아닌가?

"이거, 영광인데 그래."

오웬 공동감독 중, 형이자 연출을 맡은 코너 오웬이었다.

그가 나를 바라보며 씨익, 웃더니 내게 악수를 건넸다.

"어디서 봤나 했더니, 그 친구였네. 선댄스."

"……."

나는 너무 놀라 건넨 손을 맞잡고 그 자리에 멈춰버렸다.

권우철 대표와 이무택 대표가 내 쪽으로 걸어오려다 덩달아 멈춰섰다.

……나를 알고 있다.

이런, 양치기 청년! +! 내 커리어를 시작했던 작품이, 끝까지 따라와 도와주는구나!

그러자 옆에 있던 동생인, 오너 오웬이 말했다.

"재희를 몰라? 이런, 빌어먹을! 이 파티의 진짜 주인공이 누군지도 모르고 왔단 말이야? <게라드 쇼> 나와 말했잖아! 이 봐! 나 한국인이라고 얕보다간 다 죽는 거야!"

"쇼는 못 봤지만, 얼마나 화제였는지는 안다고. 단지, 그 재희가. 선댄스에서 보았던 그 배우인 줄은 몰랐다는 말이니까."

"몰랐다는 것을 자랑이라고 떠들어 대는군."

"입 닥쳐, 오너."

아주 옛날에 보았던. 지금으로 따지면 대략 5년 전, 내가 제대로 데뷔 기회조차 잡지 못하던 시절 한 영화 잡지에서 보았던 이들의 기사 한 줄이 떠오른다.

'예술영화? 아니, 이들은 오웬 영화를 만든다.'

오웬 형제는 박진우 연출과 매우 흡사한 영화 색을 가졌다. 하지만 박진우가 따뜻하다면, 이쪽이 더욱 '차갑고 냉정하다.'

리얼리티 속에 녹여낸 블랙코미디. 파국으로 치 닿는 듯 보여지는 전개 속에서 선보이는 인간미. 이들은 기본적으로는 독립 영화를 만들고, 그 어떤 외압 이를테면 투자자나 배급사 등에도 절대 흔들리지 않는다.

그리고 자신만의 색채를 유감없이 보여주고. 감독으로서 프라이드도 대단하다고 들었다.

이런 거물이 이 파티에 참석한 이유.

"집에서 가까우니까, 술이나 진탕 마시다 가야지. 관계없는 사람이라고 우리에게 돈 받는 건 아니겠지?”

“염병. 제발 그런 썩을 농담 좀 하지 말라고.”

“입 닥쳐, 오너.”

우리 자리를 빛내주고, 술을 마시기 위해.

그리고.

“재희의 한국 매니지먼트 대표, 권우철입니다.”

“반가워요.”

동생인 오너 오웬이 입꼬리를 올리며 권우철 대표에게 말했다.

“혹시, 이 잔만 비우고. 얘기 좀 따로 할 수 있나요?”

그리고 나를 흘깃거렸다. 내게 볼 일이 있는 듯 보였다.

나는 콧등을 긁적였다.

# 6장

# 할리우드 프러포즈

**[한국인 최초 미 공영 방송 ABS 〈게라드 쇼〉 출연! 거기다 사이다 발언까지!]**

**[도재희, 그의 커리어는 할리우드에서도 특별하다.]**

**[SNS 통해 유색 배우들에게 큰 지지를 받은 도재희. 할리우드 다음 행보에, 영화인들 모두 주목.]**

오랜만에 한국에 돌아왔다.

내 팬들의 미국 방문에 대한 이야기는 소소한 에피소드 정도로 알려졌지만, 최근 〈게라드 쇼〉와 그 방송이 불러온 후폭풍은 한국에도 꽤 크게 불어 닥쳤다.

하지만, 그 온도 차는 꽤 달랐다.

따뜻한 햇볕과 조금 차가운 바람이 공존하며 공감과 반발이 함께 있었던 할리우드와는 다르게 한국은 내게 호의적이었다.

아무래도, 조승희같이 할리우드 경험이 있는 배우들이 내게 지지 메시지를 보냈기 때문이리라.

내가 국내에 복귀했다는 소식이 알려지자마자, 온갖 매체와 방송국이 인터뷰를 위해 L&K 앞에 장사진을 쳤다는 소식이 들려왔다.

하지만 나는 이런 관심들을 모두 꺼둔 채, 사당동 본가에서 휴식을 취했다.

평소와 조금 다른 행동이라면.

[선배님, 통화 괜찮으십니까?]

설강식 선배님께 개인적으로 연락을 드렸다는 점 정도.

연락을 드린 지 10분도 지나지 않아 바로 답장이 왔다.

[이 자식, 드디어 연락하는구나. 기다렸다.]

나는 곧바로 전화를 걸어 약속 날짜를 잡았다.

선배님이 사시는 수원 인계동의 어느 고깃집에서 식사를 함께했다.

"선배님, 잘 지내셨습니까?"

"나야 항상 똑같지 뭐. 어서 와 앉아."

식사와 함께 시작된 반주. 술병이 한 병, 두 병 쌓이기 시작하고, 설강식 선배님의 근황 이야기가 끝나자, 본론이 시작되었다.

"재희야."

"예."

"네 소식은 인터넷 통해서 봤다. 아주 시원시원하더구나."

"감사합니다."

하지만 그는, 내게 응원과 함께 조언도 잊지 않으셨다.

"그런데 말이야."

"네, 선배님."

"독불장군은 능력을 손에 쥐고 있을 때나 가능한 이야기야. 네 능력, 그걸 증명하기 전까지는 시련이 많이 따를 거다."

"……."

맞는 말이다. 나는 방송을 통해, 어느 정도 자신감을 표출해 버렸으니까.

한국에서 호평 일색이던 기사 이면에 숨겨진 진실들.

할리우드에서 내가 직접 피부로 느꼈던 시선들.

호의적인 사람들이 있는 반면, 내가 표출한 자신감에 대해 부정적인 시각과 우려를 보내는 이들도 적지 않다.

그렇기에 경호원도 고용한 것이고.

"새겨듣겠습니다."

나를 증명하는 방법은, 영화와 연기를 통해 눈에 보이는 성적을 보여주는 방법뿐이다.

……머리가 조금 아프다.

하지만, 방송 출연을 후회하지는 않는다. 노이즈 마케팅도 마케팅의 일환이라고, 만천하에 나를 알리는 것에는 성공했으니까.

이제는 보여주면 된다.

그전에…… 어떻게, 보여줘야 할까. 무슨 작품으로?

"잔소리라고 듣지 말고, 진심으로 생각해서 하는 말이니까."

"그렇게 생각하지 않습니다."

"그래. 다음 작품은? 또 미국에서 하니?"

내 차기작.

"아직, 잘 모르겠습니다."

"으음, 그래? 하긴, 미국에서 한 작품 시작했다고 연달아 물기가 쉽지 않지. 그럼 당분간 한국에 있겠구나?"

모르겠다. 오웬 형제, 그들이 내게 제안했다.

뭐, '섭외', '캐스팅' 같은 단어를 직접적으로 언급한 것은 아니다. 다만, 내 차기작 계획에 대해 물었다.

정해진 것은 아무것도 없다고 말한 권 대표에게, 오너 오웬은 웃으며 말했다.

'그렇군요.'

딱, 거기까지. 내게 그 어떤 제안도 하지 않았다.

그러고는 자신들이 준비하고 있는 영화에 대해 아주 간략하게 알려주었다. 간략한 줄거리만 들었지만, 꼭 하고 싶을 만큼 재미있는 작품이었다.

이들이, 내게 영화를 제안할까? 아무것도 확신할 수 없다.

"헤, 모르겠습니다."

천진난만한 표정으로 웃어버렸다.

정말 아무것도 모르겠다.

그러자 설강식 선배님이 술잔을 들어 올렸다.

"마시자. 그럼 생각나겠지, 뭐."

"넵!"

그때, 띠링!

문자가 한 통 도착했다. 발신자는 권우철 대표.

문자에는 동영상 링크가 띄어져 있었고.

……동영상? 이게 뭐지?

동영상 링크를 클릭해 보았다.

실로폰으로 연주하는 듯, 동화 속에서 흘러나올 것만 같은 아기자기한 BGM. 그 뒤에 나오는 영상들.

나는 휴대폰을 내려다보며 그대로 돌처럼 굳어져, 열은 탄

식만 연발했다.

자리에 함께 앉아 있던 설강식 선배님이 궁금하다는 듯 물었다.

“무슨 일이야?”

“아, 그게…….”

내가 휴대폰을 선배님께 건네었다.

“응? 재희 너잖아?”

“네.”

동영상 속에 나오는 사람은 ‘나’였다.

<게라드 쇼>에 출연한 내 모습. 그리고 할리우드에서 나와 함께 찍은 사진들이 담겨 있었다.

처음에는 팬들이 보낸 영상인 줄 알았지만, 아니었다.

내 옆에서 환하게 웃고 있는 사진 속 주인공들은 바로 오웬 형제들이었다. 그들은 내 영상과 사진을 드라마틱하게 편집하며 내레이션 목소리로 말했다.

-이봐요, 재희. 보고 있어요? 놀랐어요? 미안합니다.

……놀라다마다.

-이건, 음……. 일종의 프러포즈라고 생각해 줘요. 이보다

쉽고 빠른 방법도 많이 있지만, 우리의 마음이 이렇게 크다는 것을 알려주고 싶었어요.

1분 30여 초. 아주 짧게 흘러나오는 동영상, 이들은 내게 함께 영화를 하자는 제의를, 동영상에 담아서 하고 있었다.

-'게라드 쇼'에 나온 당신이 너무 충격적이었어요. 그래서 문득, 당신이 궁금해졌죠. 이 배우, 도대체 누구야?

-그 뒤로, 당신이 출연한 한국 작품을 찾아봤어요. 정말 손에 땀을 쥘 만큼 흥미진진한 시간들이었죠.

감독 두 명의 얼굴이 나왔다.

"헛."

설강식 선배가 흠칫 놀라는 순간이기도 했다.

동영상 속 장소는, 오웬 감독들의 작업실인 것 같았다.

포근한 베이지색 대리석 바닥. 따뜻한 나무 재질 테이블 위에 카메라를 올려두고 말했다.

-재희, 일전에 얘기했던 영화 기억해요? 우리 영화에 당신을 초대하고 싶어요.

-세간에 떠도는 우리에 대한 소문은 모두 지워버려요. 이건

오웬과 재희의 이야기입니다.

-독립 영화라고 망설여지나요? 이봐요! 걱정하지 말아요!

-이렇게까지 말하는데, 거절하지는 않겠지. 부디, 거절하지 말아줘요.

-입 닥쳐, 오너.

-우리와 함께해 줄래요?

오, 마이 갓!

모두가 다 즐겨보는 동영상 스트리밍 사이트를 통한, 그야말로 완벽한 프러포즈!

너무 환상적인 일이다.

설강식 선배님은, 멍하니 동영상을 바라보시더니 말씀하셨다.

“나 참, 이런 건 또 처음 보는군.”

선배님, 저도 처음 봅니다.

승낙이냐, 거절이냐에 대한 고민은 이미 오웬 형제들을 조우한 그 순간 끝났다.

시나리오를 보지 않았지만, 잠시 나누었던 이야기만 믿고 함께 작업을 시작할 수 있는 감독들!

“어떻게 할 거야? 할 거야?”

“아마도요.”

나는 이 환상적인 프러포즈에 어떻게 화답할지를 고민했다.

역시, 똑같은 방법이 좋겠지?

배우가 감독에게, 감독이 배우에게, 작가가 감독에게 등등.

'공식 매체'를 통한 '러브 콜'은 흔히 있던 일이다.

하지만 직접 찍고 편집한 동영상으로 이렇게 공개적으로 러브 콜을 보내는 일은 흔치 않다.

영화 속 세상을 그렇게 냉소적으로 바라보던 감독들이, 어떻게 이런 아기자기한 영상을 만들 수 있었을까?

감히 짐작할 수 없지만 내게 아주 큰 선물이 되었음은 확실하다.

오웬 감독이 내게 보낸 공식 프러포즈는 세간을 떠들썩하게 만들었다.

황금사자상의 오웬 감독.

〈게라드 쇼〉에서 일침을 날린 한국 배우.

이 둘의 조합이 어떨지에 대해 떠도는 갖가지 무성한 소문들.

'미친! 한국 배우가 오웬의 영화에 출연하다니!'

한국이 주목하고.

'그 한국인 배우? 그를 위해서 오웬 감독들이 영상을 만들

어 올렸다고? 이게 가능한 일이야?'

할리우드가 주목하고 동시에 전 세계가 주목했다.

하지만, 역시 이런 일들은 너무 스케일 큰 이야기라 감흥이 조금 덜하다. 그러니 주변부터 시작하자.

이 소식에 내 주변에서 가장 즐거워한 사람은 다름 아닌, 박진우 연출이었다.

박진우 연출이 오웬의 동영상에서 눈을 떼지 못했다.

"……믿을 수 없어요. 그들은…… 제 오랜 우상이에요."

어쩐지……. 이번, <7년의 기억>을 작업하면서 느꼈는데. 둘의 영화 색은 닮은 점이 많다. 여러모로 자극을 받은 것 같은 느낌.

"대체 어떻게 이런 일이…… 도 배우님은 정말……."

박진우 연출이 연신 감탄했고, 나는 그런 박진우 연출에게 줄 작은 선물이 있다.

"감독님, 그보다 더 재미있는 소식은 뭔지 아세요?"

"네? 재미있는 소식이요?"

"후후, 놀라 자빠질 모릅니다."

"그럼, 뜸 들이지 말고 말씀해 주세요. 어서요!"

"코너 오웬 감독님이, 선댄스에서 우리 영화를 봤어요. 바로, '양치기 청년'을."

내 말에 박진우 연출이 입을 양손으로 막으며 경악했다. 그리고, 평소에는 쓰지도 않는 육두문자가 튀어나왔다.

"이런 미친! 제 영화에 대해서 뭐라고 하시던가요?"

"하하, 흥미롭게 보았다고 말했습니다. 도저히 신인 감독 같지 않았다는 이야기도."

"예쓰! 이럴 수가! 정말 믿을 수가 없어요!"

"믿지 못하셔도, 모두 사실입니다."

영화사 너울의 사무실. 자리를 박차고 일어난 박진우 연출은 창문을 활짝 열며 뛸 듯이 기뻐했고, 나는 이 사무실을 찾은 본론을 꺼내 들었다.

"그래서 말인데요. 실은, 감독님께 부탁이 있어 찾아왔습니다."

"네. 어떤 부탁인가요?"

"저도 오웬 감독님들께 답장을 보내고 싶은데……. 그걸 감독님이 도와주셨으면 해서요."

"……답장?"

내 말뜻을 알아들은 박진우 연출이 환하게 웃었다.

"아! 그런 거라면 얼마든지요."

마치, 〈양치기 청년〉을 찍던 때로 잠시 돌아간 것 같다.

아니지. 박진우 연출이 기자 생활을 시작하기 전에 처음 찍었던 <메일>이라는 단편 영화. 그 영화를 찍던 완벽한 '신인' 시절에 더 가까울 것이다.

박진우 감독이 A4용지에 간략하게 콘티를 그렸고 나는 대사를 정리했다.

그리고 우리는 작은 캠코더 하나를 들고 밖으로 나왔다.

많은 스탭도, 화려한 장비도 그 무엇도 필요가 없다.

모든 것은 밖에 다 있으니까!

장소는, 종로.

"꺄아아아아!"

지하철 2호선 시청역 인근에 등장한 내 모습에 주변이 시끌벅적해졌지만, 나와 박진우 연출은 괘념치 않았다.

"거리 유지 부탁드릴게요."

재익이 형과 영미 씨 정도가 연출부 역할을 하며 시민들을 통제한, 자유로운 상태, 이런 상태로 박진우 연출이 캠코더를 들어 올렸다.

"촬영 시작할게요."

마치, 게릴라 콘서트 같기도 했다.

회사에서는 인원을 투입해서 기왕 찍는 거 제대로 찍으면 어떻겠냐고 했지만, 나와 박진우 연출이 반대했다.

트라팔가 버스킹 동영상이 그랬던 것처럼. 원래, 이런 '날것'

그대로가 주는 느낌이 더 설득력 있을 때가 있다.

캠코더 하나. 붐 마이크 한 대. 반사판 하나면 끝인 촬영.

덕수궁 돌담길을 배경으로 한적하게 걸었다. 그리고 돌연 카메라를 바라보며 내가 말했다.

"안녕하세요, 오웬. 저는 미국 촬영을 마치고 휴식 차 한국에 돌아왔습니다."

그리고 숨을 골라내었다.

내가 주변을 돌아보자, 캠코더가 내 시선을 따라 옆으로 이동했다. 그곳에는 먼발치에서 나를 구경하는 시민들이 모여 있었다.

"제 뒤에 사람들 보이시죠? 여기 모인 수많은 사람이 제게 궁금해하고 있어요."

덕수궁, 조금 떨어진 북촌한옥마을, 그리고 아늑한 상점가……. 계속해서 걸었다.

"도대체 얘가 왜 여길 나온 거지? 나와서 뭘 하는 거지? 도대체 뭘 찍고 있는 거야? 이렇게요."

그리고 나는 광화문 광장 앞에 도착했다. 나를 따라오던 수많은 인파가 어느새 둥그렇게 나를 감싸고 있었다.

"제가 처음 감독님들을 봤을 때, 똑같은 생각을 했어요. 이럴 수가! 오웬 형제잖아! 도대체 저들이 여기에 왜 있는 거야! 마치, 여기에 모여 있는 사람들처럼요."

그리고 나는 가볍게 웃어 보였다.

"감독님, 우리 당장 만납시다. 그리고 이 사람들에게 보여줍시다. 감독님의 영화를!"

이런, 내 동영상이 스트리밍 사이트에 공개되었다.

나와 오웬 형제. 서로가 서로에게 보낸 '러브 콜' 동영상의 조회 수는 끝없이 불타올랐고, 댓글에는 우리 둘의 만남을 기대한다는 응원들이 이어졌다.

오웬 감독이 만드는 영화는, 독립 영화다.

뭐, 감독이 오웬 형제라 이미 독립 영화 팬층이 상업영화 뺨치는 수준이지만 어쨌든, 대규모 자본이 들어가는 영화는 아니다.

하지만, 최근 치솟는 관심에 비례해 영화의 '판'이 점점 커지고 있음을 느꼈다. 영화에 '후원'하고 싶다는 후원자들이 속속들이 등장했고, 작품에 참여하고 싶어 하는 배우들이 줄을 지었다.

모두 '이익'을 우선시한 투자가 아닌, 후원.

제아무리 독립 영화지만, 동양인이 '주연'으로 참여하는 할리우드 영화가 이렇게 큰 관심을 받아본 적이 있던가.

"잘됐다. 정말."

"……그러게요. 정말 기다리던 일이에요."

오디션을 거치지 않았고 단 한 작품도 뚜껑이 열리지 않은 미지의 땅 할리우드에서 '섭외'를 받았다.

그것도 환상적인 감독의 매력적인 프러포즈로!

옛말에, 행운은 연달아 온다고 했던가.

이번 동영상들이 수많은 영화, 드라마 제작자들에게 화제가 되며, 졸지에 도재희라는 배우의 이미지는 '자신만만한 동양인 배우'가 아니라, '오웬이 원하는 배우'가 되었고.

자연스럽게 인지도 가치가 늘어났다.

나를 원하는 곳이 한 곳 더 있었다.

UAA는 내게, 또 다른 '섭외' 소식을 전해왔다.

"이건, 정말 흔하게 오는 기회가 아니에요."

에이전트 빌이 흥분한 목소리로 소개했다는 작품.

미 케이블 방송국 HBS에서 제작하는 드라마 〈데드 매니악〉. 이곳에서 동양인 배우를 찾는다.

역할 비중은 조연이지만, 매회 등장하는 비중 높은 역할.

이 역할의 후보로 내가 최종적으로 낙점되었다는 소식.

재익이 형이 말했다.

"UAA 말이 맞아. 인지도 알리고 얼굴 알리기에 이만한 작품이 없어."

하지만 나는 기뻐하기 전에, '드라마'라는 사실에 우려를 표했다.

내 능력이 통하지 않는 장르, 드라마.

"형, 하지만 드라마는……."

"알아. 너 국내에서 안 하겠다고 한 거. 산으로 갈까 봐 그런 거잖아. 하지만 이거, 사전제작이야. 그것도 '시즌제'라 촬영 모두 다 끝내고 방영 시작하니까 스케줄 걱정은 안 해도 돼. 영화랑 똑같아."

"……."

모든 대본이 나와 있는 사전제작 형태라면, 내 능력이 통하는 범위다. 거기다, 확실히 '미드'로 국내에도 유명세를 떨치는 HBS라는 점은 플러스 요인이다.

대중적인 얼굴을 알려야 할 필요가 있고.

인지도를 끌어올리는 데에는, 이만한 것이 없으니까.

"오웬 감독님 영화랑 스케줄 조정이 가능할까요?"

"괜찮을 거야. 여기 방송국도 너 영화 들어가는 사정 다 알면서 연락한 거니까."

음. 하지만 작품을 고를 때에는 항상, 심사숙고해야 한다.

모든 조건이 너무 좋다. 판이 내게 '맞춰' 돌아가는 것이 아닌가 싶을 정도로. 자, 그런데 왜 불안한 것이냐.

아마도. 마지막 하나 남은 찝찝함. 시즌7, 8까지 이어지면,

드라마에 계속해서 묶이는 것은 아닌지에 대한 의문.

"이 드라마, 너무 길어지지 않을까요?"

시즌1을 1년 동안 찍는 것이 아니라, 시즌1, 2를 묶어서 찍는 경우가 많기 때문에 7, 8년씩 걸리지는 않겠지만.

이런 시리즈물이 가지는 단점은, 명확하다.

늘어지는 기간에 비례해 '무료함'은 늘고 배우는 특정 이미지로 '고착화' 된다. 다양한 장르에 도전해야 할 배우 이미지에 방해가 될 수 있다.

하지만 재익이 형은 이런 내 우려를 이해한다는 얼굴로 고개를 끄덕였다.

"걱정하지 마. 이 드라마, 좀비 드라마잖아."

"네?"

그게 어때서?

"죽여 달라고 하지 뭐."

"……."

아, 죽여 달라고 하면 되는구나.

"재희만큼 해외에서 일 복 터진 한국 배우가 어디 있어?"

이무택 대표의 딱 한 마디, 권우철 대표가 곁에서 만족스러운 얼굴로 고개를 끄덕였다.

"적절한 시기에 들어온 '게라드 쇼'가 복덩이였죠. 존 미켈의 사고가 전화위복이 되면서, 기폭제 역할을 제대로 했어요."

그러자 이무택 대표가 고개를 가로저었다.

"아냐."

"……네?"

"쇼가 복덩이가 아니라, 재희가 잘한 거라고. 그런 무대에서 그렇게 소신 있게 발언을 하면서도 밉보이지 않았잖아."

이무택 대표의 말에 권우철 대표가 눈을 게슴츠레하게 떴다.

'당신이 어떻게 그런 생각을?'이라는 의미가 담긴 눈빛이었지만, 금세 눈빛을 바꾸며 수긍했다.

"이런, 듣고 보니 그 말이 맞네요. 쇼가 중요한 게 아니라, 재희가 잘한 거네요."

"그렇지?"

권우철 대표의 동의에 이무택이 왁자하게 웃음을 터뜨렸다.

"크하하! 이거, 정말 우철이 네 말대로 흘러가고 있어."

"……그야, 언제는 제 말대로 안 흘러간 적이 있던가요?"

권우철 대표의 자존심, 업계를 꿰뚫어 보는 눈이 정확한 권우철은, 자금으로 회사를 세운 이무택과는 다르게 로드 매니저부터 시작해서 오직 '실력' 하나로 지금의 자리에 올랐다.

"재희는 첫 영화부터 확실히 증명했죠. 할리우드 크루들에게 얻은 평판이야 말할 것도 없고, 영화가 망한다고 하더라도 문제없어요. 망하더라도, 할리우드 절반은 편을 만들어 버렸으니까."

의식 있는 몇몇 감독들. 비슷한 차별을 경험했던 배우들, 일종의 '라인'을 형성하며 SNS로 한창 지지를 표했던 사람들.

연달아 영화가 망한다고 하더라도, 아마 밥줄 끊길 걱정은 없을 것이다.

"작품 보는 눈도 타고났고. 찍었다 하면 성공인데."

"이런 부분은, 저보다 낫다니까요?"

"다음에 재희 한국 들어오면, 밑에 애들 작품 좀 골라달라고 부탁해야겠다. 어째, 다른 애들은 찍었다 하면 말아먹으니……. 쯧쯧."

이무택의 푸념에 권우철이 쓰게 웃었다.

"……그러게요. 분발해야 하는데."

이무택이 물었다.

"집은 해결했어?"

"물론."

"어디에? 그, 버버리 뭐시기?"

"베벌리힐즈. 초호화 저택으로 준비했어요. 이제 할리우드에서 '소소한 한국식' 예절은 끝났으니까."

한국에서 온 신인 배우 도재희의 '소소하고 귀여운' 한국식

애교는 끝났다. 상황이 급물살을 타고 바뀌었으니, 이제 본격적으로 할리우드 '급'에 꿀리지 않게끔 물질적인 준비가 필요할 터. L&K는 이를 최대한 지원했다.

기본적으로 집, 차. 현지 생활 유지비를 제외하면, 어차피 차후에 모두 회수 가능한 자금들이다.

도재희가 앞으로 얼마를 벌어다 줄지, 상상하기 힘든 부분들이기에 최대한 아낌없이 쏟을 예정.

"마음에 들었으면 좋겠네."

이무택 대표의 말에 권우철이 피식, 웃었다.

"마음에 들고 자시고 없이, 아마도 입이 귀에 걸릴 겁니다. 아니지, 오히려 집을 보자마자 기겁하며 전화할지도 모르겠네요. '대표님! 여기 너무 비싼 거 아니에요?' 이렇게."

"크흐하하! 맞아, 맞아. 재희가 생긴 건 안 그런데, 가끔 보면 촌스러운 구석이 있다니까."

"후후, 그게 재희 매력이죠."

이무택 대표가 늘어지게 소파에 등을 기대며 물었다.

"그나저나, 이번 영화랑 드라마는 어떻게 될 것 같아?"

오웬 형제들이 만드는, 베일에 싸인 독립 영화와 대형 블록버스터 재난 '미드'가 예고되었다.

"됩니다."

"이유는?"

"이제껏 그랬으니까."

"자신만만한데!"

딸그락, 권우철이 언더록 잔을 흔들며 말했다.

"걔는 타고났어요."

"지금쯤…… 비행기는 탔을까 모르겠네."

한국에 머무는 동안, 특별한 일정은 없었다.

충분한 휴식을 취했고, 10월 말 혹은 11월 초에 개봉하게 될 영화 〈7년의 기억〉 무대인사 일정을 간략하게 조율했고, 매체 한 곳을 지정해 할리우드행에 관한 인터뷰를 진행했다.

매체는, 스타 매거진의 오채연 기자.

"후후, 재희 씨는 볼 때마다 새로워서 좋아요."

"으음, 그런가요?"

"네. 얼리어답터 알죠? 신제품 나오면 반드시 써봐야 하는 사람. 제가 그런 사람이 된 기분이에요."

"……그 말씀은, 제가 신제품이라는 말인가요?"

"후후, 네. 항상 새로움을 주는 우리 재희 씨. 단독기사 사랑합니다!"

"……"

고오맙다.

"한국 활동은 그럼, 언제 재개 예정이신가요?"

"아마도, 10월에 들어와 3주 정도 체류할 예정입니다."

스케줄이 벅차다.

한국과 미국 양국을 오가니, 벅찰 만큼 많은 스케줄.

<7년의 기억> 무대인사를 제외하고도 홍콩에서 열리는 아시아 태평양 스크린 어워즈(이하 APSA) 개막식 '사회자' 문의가 들어왔다.

함께 무대에 서는 배우는, 중국 여신이라 불리는 '연쯔이'.

APSA, 동아시아 문화산업을 선두 하는 영화인들이 대거 모이는 영화 축제. 시기가 딱, 한국 체류 기간이라 승낙했다.

"이야 개막식 사회자라. 하긴, 그럴 시기도 되었죠? 그런데 아직 8월 초인데요. 그사이에는 어떤 스케줄을 진행하시나요?"

"영화 하나와 드라마 하나에 들어가게 될 것 같은데. 자세한 스케줄은 저도 모르겠습니다."

"으음, 그거 궁금한데요."

"에이, 이미 대충 다 알고 계시면서."

"후후, 들켰다. 어쩔 수 없죠. 재희 씨 본인 입으로 직접 말한 것만 기사로 내야 하니까."

영화와 드라마. 작품 두 개를 이리저리 널뛰기하며 촬영에 박차를 가할 모습을 상상하니, 벌써 심장이 요동친다.

이것도, 중독이다.

“촬영하신 ‘아다지오’는 개봉 예정일이 언제인가요?”

“정확한 시기는 모르겠지만, 한국과 미국 동시 개봉예정으로 알고 있습니다.”

“그러시지 마시고 소스 있으시면 흘려주세요.”

“……정말 몰라요.”

그 뒤로, 통상적인 이야기가 오갔다. 할리우드에 기반을 다지는 현재의 다짐과 포부를 묻는 질문들. 그럼, 내 입에서 나올 대답 역시 통상적인 대답뿐이다.

하지만 이런 ‘안전하고 통상적인’ 인터뷰가 어느새 익숙하다. 벌써, 적응해 버렸다니까.

인터뷰가 끝났다.

“오늘은, 여기까지.”

그때, 오채연 기자가 내게 불쑥 손을 내밀었다.

“자요.”

“……”

응? 악수하자는 건가?

내가 그녀의 손을 가볍게 맞잡자, 오채연 기자가 풋, 웃음을 터뜨리며 말했다.

“왠지, 다음에 만날 때는 이렇게 가벼운 악수도 못 하게 될까 봐. 미리.”

"그게 무슨 말인가요?"

사람이 바뀌기라도 한다는 말인가.

하지만 오채연 기자는 눈웃음을 지으며 다른 질문으로 돌렸다.

"후후, 다음에는 언제 볼 수 있을까요?"

"으음, 글쎄요. 10월?"

"그럼, 또 새로운 모습 기대할게요."

……뭐야, 싱겁게.

나 역시 싱겁게 웃어 보였다.

"신제품이 되어서 돌아오죠. 후후."

"기대할게요. 아, 참! '게라드 쇼' 같은 프로그램 나갈 예정이면, 미리 귀띔이라도 줘요. 방송 반드시 챙겨볼 테니까."

"어차피 현지 기사 나갈 텐데요 뭘. 꼭지만 따시면 되는 거 아네요?"

"그게 아니고. 싸움닭 도재희 씨가 싸우는 모습 라이브로 보고 싶어서 그래요. 뭐랄까……. 팬심이랄까. 후후후, 이거 은근히 중독이라니까?"

그리고 자리에서 일어나 당돌한 목소리로 말했다.

"그럼, 언제나 몸 조심히!"

나는 고개를 갸웃거리며 웃어주고는, 컵홀더를 쥐고 자리에서 일어났다.

"기자님도요."

그리고 손목의 시계로 눈을 돌렸다.

벌써, 비행기 시간이 다 되었다.

"……."

"미쳤다!"

그래, 미쳤어. 이거, 너무 미쳤어!

UAA와 L&K의 합작품. 운전대는 빌이 잡았지만, 재익이 형이 조수석에서 직접 네비게이션에 주소를 기입하고, 오가는 길을 외우는 것에서부터 이상하긴 했다.

집이라니.

"이게 다 뭐죠……."

"앞으로 미국 생활하면서 묵을 집."

재익이 형이 이를 드러내며 웃어 보였다.

"조금 일찍 준비했어야 했나 싶기도 했지만…… 전작에서는, 얼마나 미국에 머물지 확실하지 않았으니까……. 그런데, 이번에는 다르지."

"……."

그래, 상황이 짧은 시간 동안 많이 바뀌기는 했다.

'시즌제' 미드와 계약하기 직전이고 현지 에이전시인 UAA조차도 아마, 계속해서 일이 들어올 것이라고 예측하고 있는 상황. 아마, 미국에 지내는 기간이 한국에서 지내는 기간보다 길어질지도 모른다.

하지만 영화에서나 나올 법한 이런 초호화 저택을 내가 갖게 될 것이라는 상상은 해본 적이 없다고.

총 3층짜리 저택이다. 차고에는 내가 쉬는 날, 타고 다닐 수 있는 고급 세단 한 대가 주차되어 있고. 정원에는 보기만 해도 시원해지는 수영장과 작은 연못. 뒤뜰에는 바비큐 그릴이 준비되어 있다.

이제껏 스케줄을 소화하면서 7성급은 못 돼도, 항상 고급스러운 호텔에 묵었었는데 그런 호텔들과 비교해 봤을 때, '고급'이라는 이름이 무색해질 만큼, 으리으리한 곳이다.

L&K가 나를 위해 투자했고, UAA 에이전트 빌이 내 입국 날짜에 맞춰 생필품들까지 죄다 채워놓았다.

'재희는 연기만 해요. 나머지는 우리가 합니다.'

각자 할 일을 위해 최상의 컨디션을 유지할 것.

이것이 할리우드 스케일.

"1층에만 방이 일곱 개에 화장실은……."

"……."

뭐, 이런 것들은 일일이 설명하기에 입만 아프다. 한 가지 확실한 건 남들에게도 떳떳하게 자랑할 수 있는 내 '개인적인' 공간이 생겼다는 점이다.

재익이 형과 영미 씨, 초희 씨는 밴 트렁크에 가득 실린 짐을 마당에 내리기 시작했다.

"재희야, 너는 들어가서 쉬어."

"제건 제가 챙길게요."

나는 재익이 형을 도와 빠르게 내 짐 가방을 내린 뒤, 거실과 방을 둘러보았다.

"우와!"

초희 씨의 탄성이 터져 나올 만큼 넓다.

집 안을 채우고 있는 가구들을 치워버리면, 풋살이라도 할 수 있을 만큼.

"대박!"

영미 씨는 저택과 사랑에라도 빠진 듯, 눈에서 하트를 쏘았지만.

"으음."

사치를 즐기지 않던 내가 사는 세계와는 정반대의 다른 세계인 것 같은 이질감이 든다.

"1층은 재희 공간이야. 3층은 영미 씨와 초희 씨가 쓰면 되겠다. 우리, 한집에 살면서 개인적인 프라이버시는 존중하자고. 알겠지?"

"넵!"

한편에서는 재익이 형이 각자 생활하게 될 방과 생활 규칙 등을 정리하기 시작했고 나는, 휴대전화를 들어 올렸다.

그리고 곧바로 권우철 대표님께 전화를 걸었다.

"대표님?"

-어, 재희야. 잘 도착했지?

"아, 네. 방금요. 그것보다…… 여기, 이 집. 엄청 비싼 거 아니에요? 고작 네 명 살아서 이렇게 클 필요는 없는데."

그러자, 수화기 너머에서는 약간의 침묵이 흐르더니.

권우철 대표의 왁자한 웃음소리가 들려왔다.

-하하하하! 거 봐요. 제가 말했죠?

-크하하하!

이무택 대표님의 웃음소리가 섞여 들리는 것으로 보아 함께 계신 듯했다.

"……."

근데 왜 계속 웃으시는 거야.

-재희야! 이제 적응해야지! 언제까지 이코노미만 탈 거야? 이제 윗물도 좀 마셔보고 그래! 즐기라고 네 위치를!

"……."

아, 그런 거였어?

아무래도 나 촌스럽다고 욕하는 것 같은데.

대표님들 입장에서 나는 촌스러운 사람일지는 몰라도.

적어도, 소박한 인간은 아니다.

나는 집 천장을 바라보다 창밖에 한눈에 보이는 베벌리힐즈의 광경을 응시하며 말했다.

"고맙습니다."

뭐, 이제는 적응해야겠지.

내 '급'에 맞는 위치로 지내려면 말이야.

··● 7장 ●··

# 프로의 가치는 돈으로 말한다

우리 집에는 총 여섯 명이 산다.

나와 재익이 형, 그리고 영미 씨와 초희 씨.

그리고 남은 두 명은.

"어디 가십니까?"

"아, 근처 좀 둘러보려고요."

"그럼, 따라가겠습니다."

"……그러실 필요까진 없는데 말이죠……."

경호원 두 명. 가벼운 마음으로 동네 구경에 나서려던 나를 무조건 따라오시겠다는 부지런한 분들.

오늘은 HBS 미드팀과 〈데드 매니악〉 미팅이 잡혀 있다.

하지만, 그전에 나는 으리으리한 저택을 배경으로 몸을 풀기 시작했다.

베벌리힐즈, 나와는 다른 종류의 사람이 사는 곳인 줄 알았는데, 어느새 '우리 동네'가 되어 있다.

동네 구경이나 하며 몸 좀 풀어야겠다.

"다녀와. 아침 준비해 놓을 테니까!"

"네!"

재익이 형의 아침 인사를 마지막으로 트레이닝복을 입고 가볍게 동네를 뛰기 시작했다.

경호원 형님 두 명은, 먼발치에서 아주 조용히 차량으로 이동했다.

내 귀에는 이어폰을 낀 상태.

한국에서는 보기 힘들지만, 캘리포니아에는 지천에 깔려 있는 야자나무 아래를 달렸다.

한 블록만 이동해도 눈에 띄는 카페와 저택들이 즐비한 동네. 이 시간이면 출근하는 직장인들로 붐빌 만도 하건만, 고요하기만 하다.

뭐, 어제 알게 된 이야기지만 매일매일이 똑같은 날처럼 평온하게 흘러가는 동네라고 한다. 인근 영화사를 운영하는 부유한 대표들이나 간부들, 영화감독, 뮤지션, 배우들이 많이 살기 때문.

이런 곳이 '아주 조금' 시끌벅적해지는 때도 있는데.

이를테면.

"오디오!"

"스피드!"

"카메라!"

"롤!"

"액션!"

촬영, 베벌리힐즈가 주는 조용하고 고급스러운 분위기는, 영화감독들에게 특정한 영감을 부여하고, 수많은 할리우드 영화의 메인 무대가 된다.

동네 자체도 영화나 드라마에 적극적인 지원을 아끼지 않는다는 방침. 이런 일은 너무 빈번한 일이라, 지나가는 사람들의 발길조차 붙잡지도 못하는 '베벌리힐즈의 일상'이지만.

나는 달리던 발길을 멈추었다.

"후우!"

호흡을 골라내며 먼발치에서 현장을 바라보았다.

그러자 거주 경호원 중 한 명이 내게 생수 한 병을 건네주었다.

"혹시, 필요해요?"

"아 감사합니다."

나는 물을 받아들고 벌컥벌컥 삼켰다. 그러자 차올랐던 숨이 단숨에 트인다. 흘러내리는 땀을 닦으며 다시 촬영 현장으로 눈을 돌렸는데, 이내 내 눈이 커졌다.

내가 물었다.

"저 배우, 오헬리안 다미앙 맞죠?"

내 눈앞에 오헬리안 다미앙의 프로필 사진이 떨어졌다.

"이 사람은."

"오헬리안 다미앙."

우리는 HBS 제작진과 〈데드 매니악〉 미팅을 가졌다.

HBS 드라마 팀과의 미팅 룸. 드라마 〈데드 매니악〉 관련 미팅을 진행하던 도중, 내 눈길을 사로잡은 아주 뜻밖의 프로필 사진.

이는, 드라마 팀 HBS이 할리우드 주간지에 실린 연예계 톱 헤드라인을 모아놓은 일종의 '경쟁 드라마 분석표'였다.

"오헬리안 다미앙이 어떻다는 거죠?"

"음, 오헬리안이 '라스팔마스의 휴일 시즌2'에 합류했어요. 그 덕분에, 안 그래도 컸던 드라마의 몸집이 더 크게 불어난 상태죠."

"'라스팔마스의 휴일'이라면……."

"엄청난 히트작이죠. 그리고 동시에 저희 경쟁 드라마기도 하고요.”

<라스팔마스의 휴일>. 미 방송사 NBO가 제작한, 초대형 히트작. 그리고 내가 참여하게 될지 모르는 <데드 매니악>의 예비 경쟁작.

미국은 뷰어(Viewer) 수로 시청률을 따지고는 하는데 <라스팔마스의 휴일>은 18세~49세(주 소비계층)에서 첫날 뷰어 수만 1,300만 명을 넘게 기록하고 전 미(美) 평균 시청률 2.8%를 굳건히 유지한 초대형 히트작이다.

드라마는 ‘돈’이 되어야 만든다. ‘시즌제’ 드라마는 더더욱.

시청자가 있어야 드라마도 다음 ‘시즌’을 약속할 수 있다.

시즌1에서 초대박을 터뜨린 <라스팔마스의 휴일>이 ‘시즌2’에서 ‘오헬리안 다미앙’이라는 대형 스타를 섭외하는 이유는 어찌 보면 당연하다. 시청률 굳히기에 들어가는 거다.

미드 <라스팔마스의 휴일> 시즌2에 프랑스의 국민배우 오헬리안 다미앙이 합류했다.

바로, 내가 아침에 보았던 그 배우.

HBS 측 제작진이 우려를 표했다.

“불행하게도 저희 드라마와 비슷한 시기에 경쟁하게 될 드라마죠. 이런 대형 드라마에 오헬리안 다미앙이 출연하다니! 제기랄! 제대로 날개를 달아버렸군요.”

“이로써 우리 드라마는 시청률이 반 토막 날지도 모릅니다.

젠장!"

"현재는 LA 근방에서 촬영하고 있다고 들었는데."

"봤어요. 오늘 아침에."

"아, 그래요?"

"네. 산책하다가 우연히."

HBS 측이, 〈데드 매니악〉 이야기 전에 내게 '경쟁 드라마'에 대한 이야기를 먼저 꺼낸 이유.

"정말 솔직히 다 말씀드린 겁니다. 이 덕분에 배우 섭외가 조금 어렵기는 했어요. 아무래도 우리 드라마는 조금…… '독특'하니까요."

"네, 독특하죠."

작품에 참여하는 배우는, 크루들의 고충 및 고민, 모든 문제점 등을 공유할 의무가 있다. 특히 경쟁 작품에 대한 이야기는 알고 있는 선에서 모든 정보를 끌어모은다.

붙어서 승산이 있는지, 저 작품에 주연은 누구인지, 인지도는 누가 꿀리지 않는지 등등.

〈데드 매니악〉은 좀비 드라마다, 이제껏 별로 시도된 적이 없던. 모 아니면 도가 될 확률이 농후한 극한의 생존 환경을 다루는 드라마.

물론, 미드는 한국드라마와 분위기 자체가 많이 다르기 때문에 '로맨스' 자체가 메인이 될 필요는 없다.

이제껏 전 세계를 사로잡았던 미드들의 입맛들은, 모두 제각각이었으니까.

하지만, 이번에는 조금 다르다.

<라스팔마스의 휴일>은 이미, 엄청난 사랑을 받았던 화제의 드라마다. 시즌2에서도 마찬가지일 가능성이 농후하고.

제작진이 내게 물었다.

“괜찮겠어요? 솔직한 심정으로는 다윗과 골리앗의 싸움이 될 수도 있어요.”

나는 턱 끝을 매만지며 말했다.

“으흠, 제게 시간을 주실 수 있어요?”

“시간이라, 생각할 시간이라면……. 오케이. 얼마나 드리면 되죠? 사흘? 일주일? 재희. 미안한 이야기지만, 너무 오래 끌지는 말아줘요. 하지만 일주일이라면, 저희는 여유를 가지고 기다릴 겁니다.”

내가 손가락 하나를 들어 올리며 말했다.

“아뇨. 1시간이면 충분합니다.”

“응? 1시간?”

“네.”

내 말에 제작진이 환하게 웃었다.

“먼스(Month)를 시간(Hour)로 착각한 것만 아니면 좋겠군요.”

나 역시, 화답하듯 웃으며 말했다.

"대신, 시즌1의 전체 원고를 확인했으면 좋겠는데요."

내 제안에 제작진이 흔쾌히 답했다.

"오케이. 그런 거라면 문제없어요. 오히려 저희가 먼저 부탁드리려고 했죠. 이봐요, 재희! 제발 대본 한 번만 읽어보고 결정해 줘요! 이렇게."

"하하, 좋아요."

"그런데 그전에……. 한 가지 물어봐도 될까요?"

"말씀하세요."

그가 물었다.

"1시간이라는 시간이 수상한데요. 그 말은, 1시간 안에 대본을 모두 확인할 수 있다는 말로 들리네요. 아닌가요? 나만 그렇게 들렸나?"

나는 가볍게 웃어넘기며 말했다.

"1시간이면 충분해요."

데드 매니악 시즌1 시놉시스와 1화 분량을 가볍게 훑어보았다. 그 덕에, 내가 본 점수가 헛것이 아니라는 것은 알 수 있었다.

황사 먼지에 오염된 변종 괴물 '더스트(Dust)'는 중국에서부터 생겨나 극동아시아를 시작으로 전 세계로 빠르게 확산된다.

인류의 존폐 위기에서 찾아오는 인간군상, 가족애를 떠올리는 에피소드들은 누구나 쉽게 몰입할 수 있다.

내가 맡은 역할은, 주인공과 같은 무리에 속해 있는 살기 위해 몸부림치는 '동양인 청년'.

'재밌다.'

과장 조금 보태서 손에 땀을 쥐고 읽을 수 있을 만큼 잘 쓰여 있다.

하지만.

'제작진이 마이너스야.'

HBS 제작진들은 <라스팔마스의 휴일>을 유독 신경 쓰는 듯 보였다.

방송사가, 자기 드라마에 '확신'을 품지 못하는 것은 어리석은 일이다. 자기 드라마의 장점을 어필하기보다는, 다른 드라마를 치켜세우며 다윗과 골리앗의 싸움이라고 비유하다니.

결과는 결국, 시청자가 판단할 몫이지 않은가.

이러한 측면에서는 조금 아쉬움을 느꼈다.

하지만 제작진들의 '부정적인' 의견과 <데드 매니악>의 흥행 가능성은 무관했다.

"……."

이 드라마가 가지고 있는 자신감은, 대본 속에 녹아 있다.

[88/100](+5)

완성도. 이렇게 잘 준비된 무기를 뒤에 숨겨두고.

'상대가 강하니까 조심해요'라고 내게 조언했다.

겸손일까, 아니면 조심성이 많은 팀일까.

아무래도, 자신들의 대본이 가지고 있는 잠재력을 모르는 것은 아닐까.

'멍청한 검사가, 과분한 무기를 들었군.'

하지만, 결론적으로 이는 기우였다.

나는 책을 덮고 시간을 확인했다.

정확히 1시간이 지나 있었고, 자리에서 일어나 다시 HBS 측과 재회했다.

근데, 이들의 표정이 조금 이상했다.

"후후……."

잔뜩, 기대감에 찬 상태로 내 반응이 궁금해 죽겠다는 얼굴이었다.

"기분이 좋아 보이시는군요?"

내 물음에, HBS 측이 물었다.

"어떤가요? 다윗이 이길 것 같나요? 골리앗이 이길 것 같나요?"

"……."

응? 갑자기 뭐라고?

"재희가 만약 배팅한다면 누구에게 걸겠어요? 다윗? 골리앗? 대본은 어땠어요? 재미있었나요?"

1시간 전의 이들은 자신들의 작품에 대해 심히 걱정스러운 얼굴이었지만 지금은 누구보다 이들은 자신들의 작품에 '확신'을 가지고 있는 듯 보였다.

대본을 읽기 전과 읽은 후의 반응이 다르다.

뭐야, 이 상황은?

하지만 당최 예측이 불가능한 상황은 아니다.

"……."

내 마음을 확인하는 것인가.

적을 키워주고, 일부로 자기 자신을 낮춘다.

그리고 상대의 머릿속에 혼란을 심어 넣는다.

자신의 주장 없이, 세간의 평가만을 신경 쓰며 줏대 없이 행동하는 배우가 많다.

'이 작품 되겠어?'

'어차피, 라스팔마스의 휴일에 밀릴 텐데, 뭐하러 해.'

'안 될 작품은 거들떠보지도 않는 게 좋아.'

유명 배우 섭외에 연달아 고전하고 있는 〈데드 매니악〉이라면 이럴 수도 있다.

일종의 떠보기. 배우가 작품을 보는 '눈'이 있느냐 없느냐.

'너, 확실히 준비된 거 맞아?'

말로만 듣던 이 '동양인' 배우가 우리 작품을 위해 얼마 열심히 싸워줄 수 있는 열정적인 '전사'인가.

"……으음."

퍼즐 조각이 얼추 맞춰진다. 내 앞에서 '연기'하는 것이다.

그제야 모든 상황을 이해한 나는 피식, 웃어버렸지만 눈은 조금 날카로워졌다.

"한국에는 이런 말이 있어요. 계란으로 바위를 친다고. 경쟁 드라마인 '라스팔마스의 휴일'이 얼마나 큰 바위인지는 모르지만, '데드 매니악'은 적어도 아주 단단한 짱돌은 되는 듯 보이는군요."

'대본이 좋은데요?'를 돌려서 말한 표현.

그러자 HBS 측 스탭들의 얼굴이 밝아졌다.

마치, 기대하던 대답을 얻은 듯했다.

"그리고 하나 더."

"네?"

"'데드 매니악'과 '라스팔마스의 휴일'이 다윗과 골리앗이라고 하셨던가요? 누가 다윗이고 누가 골리앗인지는 모르겠지만."

모두가 알고 있듯.

"골리앗은 고작 돌멩이 하나에 무너지는, 덩치만 커다란 허상일 뿐이에요."

"……."

이 싸움은, 다윗이 이겼다.

그러자 내 말을 얌전히 듣고 있던 제작진의 눈에 커졌다.

내가 마음에 드는 듯한 얼굴.

하지만.

"그런데, 조금 섭섭하기도 하네요."

나는 표정을 딱딱하게 굳히며 말했다.

"짓궂으시네요. 이런 식으로 저를 시험하시다니."

내 말에 제작진의 입술이 살짝 벌어졌다.

"아……."

이들은 나를 '테스트'하려 했다.

뭐, 당연한 얘기다.

내가 미국인들에게 대중적으로 얼굴을 알린 방송은 오직 <게라드 쇼>뿐이고 그 방송에서 보여준 모습만으로 몇 년이 걸릴지도 모르는 '시즌제' 드라마에 섭외할 수는 없는 노릇이니까.

내가 어떤 인간인지 궁금했겠지. 이들의 마음도 이해한다.

나 역시, 이들이 어떤 인간인지 속으로 수없이 재보았으니까.

제작진이 정말 미안한 얼굴로 말했다.

"이런, 눈치채셨습니까? 이거……. 죄송합니다. 하지만 저희도 나름대로 절박합니다. 물론, 흥행 여부에 달렸지만……. 계획상으로는 시즌8까지 기획하고 있기 때문에, 저희와 함께 '롱런'할 수 있는, 작품에 정말 '애착'을 가지는 그런 배우를 찾고 있어요."

시즌8이라니. 그야말로, 엄청난 욕심이다.

내가 물었다.

"그래서, 어떠십니까? 저를 시험하신 결과는?"

제작진이 두손 두발 다 들었다.

"이런 제길! 무조건 함께하고 싶습니다. 저희가 괜한 실망감만 드린 것 같아 걱정이네요. 오히려 저희가 묻고 싶습니다. 저희는 재희에게 합격입니까?"

"……."

그래. 나는, 이 작품이 얼마나 '단단한' 돌멩이인지 알고 있다.

오헬리안 다미앙이 연기하는 〈라스팔마스의 휴일〉을 넘지는 못하더라도 적어도 한 방 깊숙하게 날려줄 수는 있을 것이다.

이들은 '처음'의 내게 '의구심'을 품기는 했지만, 결과적으로는 나를 원하고 있다. 최소한 작품에 대한 '기준점'과 '애착'이 확고한 제작진, 흥미로운 스토리를 가진 드라마.

하지만, 나는 대답을 망설였다.

아직 조율해야 할 부분이 남아 있기 때문이다.

내가 빌과 재익이 형을 동시에 바라보았다.

아직, 남은 것이 있지 않은가.

빌이 눈치껏 입을 열었다.

"우선, 개런티 얘기를 좀 하고 싶은데요."

개런티 협상.

"네. 물론이죠. 이 부분은 저희 관할이 아니라, 잠시만요."

제작진이 누군가를 호출했다.

오래 기다리지 않아, 제작 PD로 보이는 남자가 미팅 룸 안으로 들어왔다. 개런티에 관한 내용은, 감독과 작가의 영역과 별개로 다룬다. 감독이 아무리 마음에 들어도, 제작사에서 개런티의 문제로 섭외가 깨지는 경우는 일상다반사.

숏 사인이 돌기 전까지, 실무자는 저 남자다.

찢어진 눈에, 뿔테 안경을 쓴 대머리 남성. 깐깐해 보이는 인상. 한눈에 보기에도 호감형은 아니다.

……분위기가 좋지 않다.

재밌는 점은, 이런 내 예감은 이제껏 틀린 적이 없다는 것이다.

나는, 기본적으로 돈 욕심이 많은 사람은 아니다.

하지만 프로의 값어치는 '돈'으로 말하고, 내게 측정된 몸값이 예상보다 턱없이 낮은 개런티라면.

"그건, 안 되겠는데요."

거절할 의사도 충분히 있다.

나는 자리를 박차고 일어났다.

"더 할 이야기가 없군요."

내 거절에 빌의 얼굴이 새파랗게 질렸다.

"재희! 회차 당 4만 달러(한화 4천만 원 내외)면, 절대 적은 금액이 아닙니다."

미팅 룸을 빠져나오자마자 빌이 나를 붙잡고 늘어졌다.

"거기에 SAG(Screen Actors Guild: 배우조합)에 가입하면, 야간 촬영 개런티가 추가로 붙는 데다, 4만 달러라는 출연료는 재방송이나, DVD 판매 시청료가 모두 계산된 금액이 아니라고요. 실제로 받는 액수는 훨씬 큽니다."

하지만 나는 단호하게 말했다.

"안 합니다."

"이제껏 모두가 그렇게 받습니다. 특별히 낮은 금액이 아니라고요."

"……."

"시즌1을 잘 마무리 지으면, 시즌2에서 재계약할 때, 훨씬 높은 개런티를 받아낼 수 있어요. 이 정도면, 시작으로 훌륭합니다. 제가 약속드리죠. 시즌2에서 두 배 이상 올리겠다고."

"……."

내가 계속해서 침묵으로 일관하자, 빌이 말했다.

"젠장! 재희! 여긴 한국이 아니에요."

"……."

그 말에 내 눈이 뒤집어졌다.

아니, 내가 화난 이유는 한국에 비해 내 몸값이 낮아서가 아니다.

"이봐요, 빌! 잘 들어요. 난 내 몸값이 한국에 비해 터무니없게 낮게 측정되었다고 징징대는 것이 아닙니다."

"그럼 뭐죠?"

"저보다 비중이 낮은 백인 배우의 개런티가 20% 이상 높기 때문이죠!"

"……."

내 말에 빌이 입을 꾹 다물었다.

차별은, '존 미켈'의 경우처럼 대놓고 내 빰을 때리는 경우보다, 이렇게 은근하고 천천히 다가오는 경우가 많다.

젠장!

비슷한 얘기를 들은 적이 있다.

시즌1이 성공을 거두고, 시즌2에서보다 높은 개런티로 재계약을 체결하려던 한국계 배우가 돌연 드라마에서 하차하는 이유. 인지도, 능력에 관계없이 백인보다 10% 이상 낮게 측정되는 개런티.

나는 조금 전, 불쾌한 기억이 떠올라 인상을 찌푸렸다.

대머리 PD가 내게 개런티를 제시하고, 은은하게 풍기던 그 조소.

마치, 이렇게 말하는 것 같았다.

'이 정도면 고맙게 받아먹어.'

내가 거절하자, HBS 연출팀에서는 자리에서 벌떡 일어나며 개런티 상향을 요구했지만, 대머리 PD는 요지부동이었다.

"제기랄."

욕이라도 한 바가지 퍼부어 버릴 걸 그랬다.

자신의 대접이 '부당'하다고 말해주고 있는데, 얌전히 뺨만 맞고 있을까. 그게, 할리우드야?

"잘 들어요. 빌."

"……말씀하세요."

"저는 한국보다 높은 개런티를 벌기 위해 미국으로 온 것이 아닙니다. 아니! 애초에 한국에서 받던 개런티만큼 받을 수 있을 것이라 기대하지도 않았어요."

"……."

"제가 말하는 것은, 이 계약이 '불공정'하다는 겁니다. 알겠어요?"

시즌1에서 인지도를 끌어올려서 시즌2에서 더 크게 계약하자고? 엿 먹어라!

모르긴 몰라도, 시작부터 잡아놓지 않으면 시즌2에서 오히려 똑같은 문제가 더욱 크게 두드러질 거다.

“가서 그 잘난 제작 PD에게 똑똑히 전해요. 나를 원한다면, 최소한 ‘공정한’ 개런티를 가지고 오라고.”

빌이 입을 꾹 다물다, 고개를 끄덕였다.

“그렇게 말하죠.”

빌이 고개를 들어 올렸다.

“하지만, 아직 포기했다고 말하지는 말아줘요. 기회를 한 번 더 줘요.”

기회랄 것도 없다. 아마추어가 아니다, 프로다. 온당한 대우를 약속한다면, 나 역시 그에 걸맞은 반응을 하면 되는 것이다.

“부탁입니다.”

빌의 간곡한 말에 내가 조용히 고개를 끄덕였다.

“……하아.”

재익이 형은 말없이 나를 바라보며 한숨을 쉬고는 말했다.

“일단, 돌아가자. 좀 쉬어야겠어.”

나는 차에 올라 조용히 눈을 감았다.

내가 혼자 화를 삭이자, 룸미러를 통해 조용히 나를 보던 재익이 형이 말했다.

“우선 잊자, 다음 미팅도 있잖아.”

"……."

그래. 첫 드라마부터 틀어질지도 모르겠지만, 아직 내게는 한 작품이 더 남아 있다.

바로, 오웬 형제들.

누군가 나를 계속해서 찾아주는 일은, 그 배우의 정체성과도 관련 있는, 최고의 순간들이다.

특히 세계적인 거장의 공개 프러포즈를 받는다는 것은 정말이지, 끝내주는 일이지.

오웬 형제들과의 미팅 날짜가 잡혔다.

〈데드 매니악〉에서는 내부 회의가 진행 중이라는 이야기가 거듭 흘러나오고, 빠르면 오늘 중으로 확답을 받을 수 있을 것이라는 빌의 말.

"제발 포기하지 말아요. 대머리 PD는 재희의 가치를 모르고 있어요. 연출팀이 계속해서 재희를 밀고 있으니, 가능성 있어요."

그래, 그게 문제지.

흑인보다 낮게 평가되고, 언제든 '대체' 가능한 배우라는 것이 할리우드 시장에서 우리들에 대한 인식이다.

"일단, 알겠어요."

나는 머릿속에서 〈데드 매니악〉을 지워버리고 오웬 형제들에게 온전히 집중하기 위해 노력했다.

미네소타 주에 위치한 오웬 형제의 작업실에 도착했다.

아주, 오랜만에 재회했다.

"재희!"

이미, 동영상을 통해 서로의 진심을 확인했기 때문일까.

우리는 서로를 마주 보자마자 뜨겁게 악수했다.

"반가워요!"

형인 코너 오웬이 내 손을 붙잡고 놓아주지 않자, 동생인 오너 오웬이 심술을 부렸다.

"이거, 방이라도 잡아줘야겠군. 결혼식장은 왼쪽이라고."

"입 닥쳐, 오너."

"이제 재희 손 좀 놔주지그래? 표정이 점점 파랗게 질려가는군."

"앗, 아."

코너가 내 손을 놓아주자, 오너가 빈틈을 파고들며 내 손을 꽉 잡고는 말했다.

"재희. 우리 프러포즈에 응해줘서, 너무 고마워요."

"하하! 저야말로 감사합니다. 영광입니다."

"어서, 안으로 들어와요."

"에이니! 여기 마실 것 좀 준비해 달라고!"

우리는 오웬 형제들의 미네소타 주의 작업실 안으로 들어섰다. 작업실이라고는 하지만, 책이 빼곡하게 쌓여 있는 서재나, 골방이 아닌, 일종의 거대한 스튜디오였다.

특수촬영용 크로마가 벽에 붙어 있고, 조명기기나 촬영용 장비가 지천에 준비되어 있는 촬영용 스튜디오.

코너 감독은 이를 '플레이 라운지' 라고 표현했다.

"우리는 영화를 만들기 전에, 이곳에서 항상 모든 신을 가지고 놉니다. 대사를 해보기도 하고, 카메라를 들고 와서 무작정 찍어보기도 하고."

"플레이 라운지라, 멋지네요."

속으로 감탄하면서도, 나는 속으로는 긴장감을 숨길 수 없었다. 오너 오웬이 양손에 깔끔하게 제본된 스크립트 두 권을 들고 왔기 때문이다.

대본, 오너가 대본을 흔들며 웃었다.

"제가 전에 파티에서 설명했던 내용은 영화의 일부 장면에 지나지 않습니다. 진짜는 여기에 있어요."

"……."

나는, 조금 냉정해질 필요가 있음을 느꼈다.

지금은 이렇게 서로가 서로에게 사랑에 빠진 듯한 얼굴로 웃고 있지만. 영화는 비즈니스다.

환상과 현실을 넘나드는 감성적인 일처럼 보이지만, 이만큼이나 '현실적'인 일도 드물다.

이미, 〈데드 매니악〉 과의 미팅에서 경험하지 않았는가.

아무런 일면식도 없던 이들이 내게 공개적으로 러브콜을 보낸 이유는 분명 하나다.

'내 이미지.'

〈게라드 쇼〉에서 대중들에게 만들어진 내 '이미지'가 필요했을 것이고 내가 오웬 감독들의 프러포즈에 응한 이유는, 온전히 내 커리어에 대한 발판 때문이다.

칸과 아카데미가 사랑한 남자들이니까.

하지만 이런, 팍팍한 것들을 굳이 입 밖으로 꺼내지는 말자. 속으로만 궁금해하자.

자, 이들이 내게 '절대 거절할 수 없는 공개적인 러브콜'을 하면서까지 내게 원한 배역이 뭘까?

도대체 자신들의 영화에서 나와 결합시킨 역할은 어떤 인물일까.

"이겁니다."

오너 오웬이 대본을 건네주었다.

대본을 받아들고, 내 눈에 가장 먼저 들어온 것은 제목.

〈패브리케이터(Fabricator)〉.

쉽게 해석이 되는 단어는 아니다. 들어본 적 없다.

제목 다음으로 내 눈에 들어온 것은 바로 점수.

[90/100](+8)

매우 높은 점수, 썩 훌륭한 시너지. 어디에서도 쉽게 보기 힘든 어마어마한 영화였지만, 나는 속으로 긴장감을 놓지 않고 물었다.

"어떤 영화입니까?"

속으로는 간절하게 외쳤다.

'제발, 당신들은 멀쩡한 사람들이길!'

이런 내 마음을 아는지 모르는지, 오너 오웬은 빙그레 웃으며 말했다.

"그건, 코너가 말해줄 겁니다. 어서 말해달라고."

"안 그래도 말하려던 참이니까, 닦달하지 마, 오너."

"알았어, 알았다고."

정말 유쾌한 형제들이다.

코너 오웬이 까끌까끌한 수염을 쓰다듬으며 웃었다.

"그럼, 저희 영화 소개를 시작할게요."

<패브리케이터(Fabricator)>.

영화에는 FX팀이 있다. 특수효과, 특수분장, 특수미술 같은

분야를 뜻하는 총칭이다.

이 FX팀 내에서 '특수의상'을 만드는 제작자를 패브리케이터(Fabricator)라고 말한다.

영화, <패브리케이터(Fabricator)>는 실화와 실존 인물에 대한 고증을 차례차례 밟아나간다.

일전에 잠깐 언급한 적이 있던, 캠핑 트레일러를 다섯 채나 연결하며 썼다는 유명 M사의 그 히어로 배우. 그 히어로가 입는 '강철 슈트'를 제작하고 할리우드 수많은 영화에 참여한 '탑(Top) 특수의상 디자이너' 실존 인물의 이야기다.

사고로 생긴 장애, 한때는 평범한 취업 지망생, 중소 회사 인턴을 전전하며 특별할 것 없는 20대를 보내다 현재는 할리우드에서 서로가 모셔가려는 패브리케이터(Fabricator)로 성공신화를 만들어낸 인물의 이야기.

단순한 성공기가 아니다. 인생에 숨어 있던 '복잡한' 인간관계들을 드라마틱하게 구성했다.

놀랍게도 이 인물이 동양인이며, 또 한국인이다.

나는 놀라운 얼굴로 되물었다.

"이런 영화를 찍으시는 이유가 뭡니까?"

오웬 형제들은 되려, 이런 내 반응이 신기하다는 얼굴로 물었다.

"응? 무슨 문제라도 있습니까?"

"……."

문제는 없다.

하지만, 서양인 영화감독이 만드는 동양인의 할리우드 성공기를 담고 있다.

이제껏, 이런 영화가 있던가?

"아뇨, 좀 의외여서요."

뭐, 동양인이 모델인 영화가 아예 없었던 것은 아니다. 대부분 조폭, 무사, 어둠의 조직. 대게 이런 부류로 묘사되어서 그렇지.

내 말에 코너 오웬이 말했다.

"음, 재희가 그런 생각을 하다니. 조금 의외군요."

"예?"

"서양인은 동양인이 주인공인 영화를 만들면 안 되나요?"

"……아."

둔기로 한 대 맞은 것 같은 기분이다.

'색안경'을 끼지 말아 달라고 <게라드 쇼>에 나가 만천하에 대놓고 부탁해놓고, 오히려 내가 '색안경'을 끼고 있잖아.

제기랄.

"재희는 오히려, 아무런 위화감 없이 받아들일 줄 알았는데."

"……제가 실수를 했군요."

나는 내 실수를 인정했다.

그래, 이들은 좋은 메시지의 좋은 영화를 만들고 싶었을 뿐이다. 그 대상이 한국인이라는 이유로, 의문을 가지다니.

이런저런 목적을 재가며 접근한 사람은 나다.

"미안합니다."

내 사과에 코너 오웬이 활짝 웃어 보였다.

"아닙니다. 농담이에요. 저 역시도, 게라드 쇼를 보기 전까지는 사실 이 영화를 찍을 확신이 없었으니까."

"네? 그게 무슨 말씀입니까?"

"몇 년 전에 썼다가, 찍을 용기를 내지 못하고 고이 접어뒀던 영화지요."

"……."

"게라드 쇼에 나온 재희의 말에 용기를 얻었어요. 그리고 생각했죠. 이 배우라면, 이 배역에 참 잘 어울리겠다고."

이거, 참 믿기지가 않는군. 이런 거장이 내 말에 영향을 받았다니.

"저희 영화를 보셨으면 알겠지만, 해피엔딩을 좋아하지는 않습니다."

오웬 감독들의 영화적 특징. 서스펜스, 치밀한 복선, 이를 회수하는 다소 잔혹한 방식들이 있다.

오너 오웬은 이번 영화는 조금 다른 '색'을 취하는 만큼, 다양한 방법으로 영화를 만들 계획이라고 말했다.

"주변 상황들이 의도치 않게 자꾸만 꼬이는 블랙코미디. 상승곡선을 타기 시작하면 빠르게 치솟아 올라갈 카타르시스."

이야기를 듣고 있자니, 영화 〈월가의 늑대〉의 주인공이자 실존 인물인 투자의 귀재 '벨포트'의 삶이 떠오른다.

물론, 벨포트의 제국이 붕괴되며 나락으로 떨어지는 장면 따위는 없고 장애와 편견을 딛고 위로 수직 상승하는 그 터질 듯한 카타르시스만 닮아 있지만.

"어떻습니까?"

들으면 들을수록, 영화에 대해 확신이 생긴다.

물론, 이런 감정은 나뿐만이 아니었다.

재익이 형은 잔뜩 상기된 얼굴로 중얼거렸다.

"……재밌겠다."

프로 매니저인 재익이 형이 이런 얼빠진 얼굴로 감탄할 때면, 그 작품은 으레 성공을 거두었다.

물론, 내가 참여한 작품 중 이제껏 얼빠진 표정을 짓지 않은 작품은 없다.

"너무, 흥미롭습니다."

영화에는 적절한 픽션이 가미되어 있다.

하지만, 실존 인물의 삶이 베이스인 만큼 그 삶을 어떻게 진실 되게 연기하느냐가 진정한 관건.

이는, 내게도 몹시 흥분되는 일이다.

'삶에서 배우는 연기.'

책보다는, 책 밖에서 답을 찾아야 하는 연기 방식이기 때문이다.

"이 작품을 재희가 잘 소화해 줄 수 있다고 저는 확신합니다."

"그럼, 당연하지. 나는 한눈에 알아봤다고. '패브리케이터'는 재희를 위한 영화라고."

나와 코너가 악수를 했다.

"앞으로 잘해봅시다."

"잘 부탁드립니다."

아, 물론 여담이지만, 이들은 개런티로 장난치는 일 따위는 없었다.

내게, 40만 달러(4, 5억) 미니멈 개런티를 제안했지만.

그 이면에는, 다른 조항이 하나 삽입되어 있다.

무려, 러닝 개런티다.

"오웬 팀과 이야기가 잘 끝나서 다행입니다."

영화는 아무런 문제가 없다. 환상적인 영화를 만났고, 개런티도 훌륭하고, 감독들의 믿음에 보답하기만 하면 된다.

하지만 드라마는 다르다.

나는 조금 서먹서먹해진 에이전트 빌의 말에 짤막하게 반응했다.

"네."

아직 〈데드 매니악〉에서 생긴 감정의 골이 풀리지 않은 까닭이다.

그래, 확실한 것은 이번 일로, UAA가 내게 거는 기대감이 얼마나 작은지는 알 수 있었다.

〈게라드 쇼〉, 오웬 감독들이 내게 보낸 러브 콜.

이런 '증명되지 않은' 것들과는 무관한 이야기다.

'성적'으로 확인되지 않은 배우 도재희의 '실적'에 대한 이야기, '회당 4만 달러짜리 드라마'에 나를 집어넣으려고 애쓰던 빌. 이거야말로 나를 이용해 한국 시장은 사로잡을 수 있어도, 미국 무대에 대한 기대감은 크지 않다는 반증이니까.

뭐, UAA를 탓할 생각은 없다.

이제껏 할리우드 시스템이 그래왔고, 이건 비즈니스니까.

그냥, 이렇게 서로의 이익만을 생각하면 편하다.

"데드 매니악에서 연락은 왔습니까?"

빌은 난처한 얼굴로 말했다.

"아뇨, 아직."

"그렇군요. 그럼, 전에 말씀하셨던 '다른' 작품은 어떻게 되었습니까?"

"아, 오디션을 진행하고 싶다는 작품은 몇 개 있습니다. 혹시 관심 있으십니까?"

"……."

오디션을 보라고.

그래. 이래서, 다들 미국 시장을 포기하고 한국으로 돌아가는 거지.

'네가 뭐가 아쉬워서 오디션을 봐?'

이무택 대표님께 이런 소리 듣기 딱 좋은 상황이다.

하지만 나는 조금 인내심을 가지기로 했다.

"그럼 당분간, '패브리케이터'에만 집중하면 되겠군요."

"아, 네……."

내 말에 빌이 입술을 물어뜯었다. 그는, 불안한 듯 보였다.

서로 간에 쌓여 있는 불신을 타파하고 싶은데, 그 연락이 도무지 오지를 않는다.

하지만, 이 불안함이 오래가지는 않았다.

캘리포니아로 돌아가는 비행기를 기다리던 와중.

"……전화 왔습니다."

휴대전화를 뚫어져라 바라보던 빌이 긴장된 얼굴로 자리를 피했다.

그리고 아주 짧은 통화를 마치고, 다시 내 앞으로 왔다.

그의 얼굴에는 불안한 기색이라고는 전혀 없었다.

오히려 잔뜩 흥분된 얼굴이었다.

“이런 일이!”

“……무슨 일입니까?”

내 질문에 빌이 잔뜩 흥분하며 외쳤다.

“회당 9만 달러로 올리겠다고 합니다!”

“……뭐라고요?”

9만 달러. 회당 거의 1억 원.

할리우드에서 활동하는 ‘유명’ 배우들에 비하면, 새 발의 피도 되지 않는 ‘푼돈’이지만, 할리우드에서 생짜 신인이나 다름없는 내게 제안하는 금액과는 다소 거리가 멀었다.

한국에서도 소위 말하는 ‘탑’급 배우 중에서도 소수에게만 허락되는 개런티다. 활동을 계속했다면 나 역시 받았겠지만, 나 역시 한국에서 받아 본 적이 없는 개런티.

4만 달러짜리가, 9만 달러로 변했다. 갑자기 개런티가 두 배로 불어난 것에는 다, 그만한 이유가 숨어 있게 마련이다.

나는 기쁨보다는, 의구심이 먼저 들었고.

차분한 목소리로 되물었다.

“페널티는 뭡니까?”

하이 리스크, 하이 리턴.

내게 주어진 상황과는 다르지만 비슷한 상황이냐고 묻는다면 자신 있게 '그렇다'라고 말할 수 있다.

HBS에서는 연출팀과 제작 PD의 의견이 극명하게 갈렸다.

나를 간절하게 원하는 연출팀, 동양인 신인배우에 대한 개런티를 높여줄 의향이 없는 제작팀.

지지부진한 이 싸움의 승자는 결국, 연출팀이었지만, 제작 PD는 강력한 조건을 내걸었다.

"만약, 재희라는 배우가 드라마에서 기대 이하의 반응을 얻거나 드라마 시청률이 저조할 경우에는 시즌2 재계약시, 개런티 협상을 하지 않겠어요."

즉, 성적을 보고 시즌2에서 나를 완전히 발목 잡겠다는 말이다.

이 얘기를 들은 재익이 형이 분통을 터뜨렸다.

"×발, 이거 완전 양아치 새끼들이네! 재희가 혼자 잘한다고 안 될 드라마가 잘 되기라도 해? 주연도 아니잖아! 더군다나……. 그 뭐? '라스팔마스의 휴일'? 그거랑 동시에 방영하는데, 재희 혼자 어떻게 하냐고!"

'공정한' 계약을 가지고 오라고 했더니.

'덜 공정한' 계약을 들고 왔다.

아니, 오히려 더 '부당한' 계약인가?

겉으로 보기엔 그럴듯해 보일지 몰라도, 시즌1이 끝나고 시즌2로 넘어갈 때 재계약 개런티가 '몇 배'씩 널뛰기하는 지금

이 시장에서는 일종의 '노예 계약'이나 다름없다.

시즌2를 성공적으로 이끈 배우의 역량을 충분히 인정받아야 하기 때문이다.

나는 예의 그 대머리 제작 PD와 다시 재회했다.

"오셨어요?"

대머리 PD는, 한껏 조소를 품은 얼굴로 물었다.

'이번 제안은 어때?'

마치, 이렇게 묻는 듯한 얼굴이었고, 나는 결코 져줄 생각이 없는 완강한 입장을 보였다.

"좋아요, 좋아요."

나는 손사래를 쳤다.

"그러니까, 내가 못하면 시즌2에서도 똑같은 값으로 부려먹겠다는 거잖아요."

"부려 먹는다뇨. 당치 않습니다."

맞는 것 같은데.

"좋아요. 그럼 이렇게 하죠."

나는 흰 종이 한 장에 펜으로 써내려갔다.

내 손끝에서 움직이는 만년필 한 자루가 유려하게 글자를 만들어냈다. 조항 몇 개가 추가되었다.

"이렇게 해주시면, 그렇게 하겠습니다."

내가 내민 조건, 종이를 받아든 대머리 PD가 눈을 게슴츠레하게 뜨고 샅샅이 읽더니, 되물었다.

"정말, 이거면 됩니까?"

"네."

내가 내민 조건은 별것 아니다.

1. 다수의 시청자에게 '도재희'라는 배우의 실력을 인정받거나.

2. '주연배우'보다 높은 인지도를 얻거나.

3. 만약, <데드 매니악>이 <라스팔마스의 휴일>보다 시청률이 높게 나올 경우.

시즌2에서 내 개런티는 '회당' 최소 40만(4, 5억) 달러 이상으로 상향할 것.

내 제안을 찬찬히 읽던 대머리 PD가 말했다.

"오케이. 이렇게 하시죠."

"……."

PD가 생각하기에는 내가 적은 조항들 모두 '현실성' 없는 이야기로 들렸을 것이다.

그랬기에 이렇게 시원하게 응했겠지.

물론, 그런 이유만 있는 것은 아니다.

드라마 제작은 '도박'이 아니라 '사업'이다.

내가 만약, 시즌1에서 저 셋 중 하나만 이루고 시즌2에 대박 조짐이 보인다면, 다음 시즌에 회당 최소 40만 달러를 받는 것은, 이들에게도 절대 손해 보는 장사가 아니다.

모두가 좋은 제안이다.

내가 손을 뻗었다.

"악수나 할까요?"

그러자 대머리 PD가 가소롭다는 듯 웃었다.

"네, 그래야죠."

나는 사인을 마치고, PD와 악수를 했다.

이자는 알고 있을까?

자신들이 만들 드라마가, 얼마나 높은 완성도를 가지고 있는지. 그리고, 내가 1인분 이상을 어떻게 해낼지.

꿈에도 상상하지 못할 것이다.

"와!"

"됐다!"

우리의 악수에 에이전트 빌과 <데드 매니악> 연출팀이 모두 환호했고.

"휴우!"

재익이 형이 안도의 한숨을 내쉬었다.

하지만 나는 대머리 PD를 똑바로 쳐다보며 말했다.

"이제 한배를 타게 되었네요."

"……그렇군요."

"이 드라마에서 저는 반드시 '제 역할'을 해낼 겁니다. 기대하셔도 좋아요."

"그러시면 저희야 좋죠."

"그런데, 하나 간과하신 부분이 있는 것 같아서 짚어드릴까 합니다."

"뭐죠?"

나는 계약서를 바라보며 말했다.

"시즌2에서 재계약 시, 40만 달러라고 명시되어 있는 부분이요."

"네."

"최소입니다, 최소."

한참 뛸 수도 있다는 얘기다.

지금 아쉬운 쪽은 너희가 아니겠지만, 기대해!

"……."

다음 시즌에는 40만 달러, 그 이상의 값을 받아내고 말 테니까.

··· 8장 ···

# 할리우드의 괴물 신인

조금 시끌시끌하긴 했지만, 드라마 〈데드 매니악〉과 영화 〈패브리케이터〉 계약이 무사히 끝났다.

미국에서도 쉼 없이 작품이라니.

조승희가 들으면, 아마 뛸 듯이 놀랄 것이다.

이렇게 말하지 않을까.

'이런, 끝을 알 수 없는 자식.'

그래! 이건, 그야말로 축복이나 다름없다. 한국에서와 별다를 것 없는 타이트한 스케줄을 소화하고 있으니까.

두 작품 모두 촬영장이 모두 캘리포니아라는 점이 아니었다면, 아마도 불가능했을 스케줄이다.

"이제 죽어나겠네."

재익이 형 말마따나 이제는 스케줄에 치여 빼도 박도 못할 것이다.

하지만 나는 농담조로 웃으며 반박했다.

“에이, 한국만 하겠어요?”

“음, 그건 그래.”

할리우드는 한국보다 촬영 환경만큼은 훨씬 쾌적하다. 이는 이미 영화 <아다지오>를 촬영하며 경험해 본 바 있다.

밤샘 촬영이 일상다반사요 극악의 대기시간을 자랑하는 한국과는 시스템 자체가 다르니까.

한번 펼치면 속된 말로 ‘뽕’ 뽑을 때까지 찍는 한국과는 구조 자체가 다르다.

할리우드는 촬영 시간이 정해져 있고, 그 이상을 넘기지 않는다. 야간 촬영 시, 혹은 특별한 추가 촬영 시에는 개런티가 추가로 더 붙는다.

“한국에 비하면, 여기는 촬영 하는 것 같지도 않지.”

우리는, 이런 곳에 와 있다.

오늘은 <데드 매니악> 포스터 촬영 및 캐릭터 콘셉트 촬영이 예정되어 있다.

LA에 소재한 HBS 스튜디오로 이동하는 차량에서 재익이 형이 내게 물었다.

“그나저나, 자신 있는 거지?”

두서없는 질문.

하지만, 재익이 형과 벌써 몇 년째인가. 개떡 같이 말해도, 찰떡같이 알아듣는 사이다. 질문에 대한 내용은 대머리 PD에게 제안했던 '조항'에 관한 이야기.

나는 당당하게 말했다.

"자신 있어요."

"이유는?"

"음, 책이 재밌으니까?"

내 말이 황당했는지, 재익이 형이 헛웃음 쳤다.

"작품이 아무리 좋아도 안 되는 작품이 얼마나 많은데. 만약 네 눈이 틀려서 다음 시즌에 똑같은 개런티면……. 모르긴 몰라도 엄청 힘 빠질 텐데."

시즌1이 끝나고 시즌2가 기획된다는 것은, 일정 수준 이상의 성공을 거뒀다는 의미다. 시청률이 완전히 뚝 떨어지지 않는 이상, 시즌2까지는 제작하는 것이 일반적인데. 이때는 모든 배우가 개런티를 상향 조정받게 된다. 여기서 혼자만 개런티가 동결된다는 것은, 상상만 해도 꽤 뼈아픈 일이다.

"그렇겠죠."

내가 순순히 고개를 끄덕이자 재익이 형이 말했다.

"네가 작품 보는 눈 하나는 좋으니까. 사실 걱정은 안 해. 뭐랄까……. 나도 사실 은근히 즐기고 있다고 할까?"

“음, 정말요?”

“그럼. 가서 네 실력을 보여줘. 그래서 우리 무시했던 그 대머리 제작 PD 놈 기를 팍 죽여 버려.”

은근히 즐기고 있다, 라…….

그 말이 마음에 들어, 나도 모르게 웃어버렸다.

“좋아요.”

나는, 이 드라마가 얼마나 흥행할지 알고 있다.

<데드 매니악>은 기본적으로 인물 하나, 하나가 각각의 드라마틱한 에피소드를 가지고 있다.

기본적으로 이 드라마는 주연 ‘조지’의 가족애를 담은 생존물인데, ‘조지’의 무리가 되는 조연들의 이야기가 교집합처럼 서로가 서로에게 연결되어 있다.

나는 LA에 거주하는 동양인 유학생. 장을 보러 들어선 대형할인마트에서 돌연 ‘습격’을 받게 된다. 그곳에서 주인공 ‘조지’의 딸을 구해주며 조지와 인연을 쌓게 된다.

그렇기에 이런 ‘내 제안’이 가능하다.

모든 캐릭터는 제각각 자신의 스토리에 대해 ‘설득력’을 부여할 담당 에피소드가 존재하고. 나는 3~4회 에피소드를 지분으로 가지고 있다.

즉, 이는 회차 시청률과도 직결된다.

그렇기 때문에 '주 조연'의 경계가 희미하다는 것이 이 드라마의 강점이다.

조연도, 주연 못지않게 자신의 분량을 뽑아먹을 수 있다.

그래서일까.

"제 분량이 조금 적은 것 같은데요."

"예?"

"에피소드, 1회 차만 더 늘려주시면 안 될까요?"

"하, 하지만 이미 대본은 완성되어 있고……. 지금 건드리기엔 너무 늦었습니다."

이렇게 자신의 분량을 늘려달라며 어필하는 사람들도 존재한다.

"……그래서 안 된다는 거죠?"

"네. 죄송합니다."

하지만 이런 어필은 으레 거절되어왔고, 그럴 때마다 이들의 시선은 내게 향했다.

"……."

뭐랄까.

'재 분량을 줄이면 되잖아요'라고 말하고 싶은 듯했지만. 실제로 그렇게 말하는 사람은 없었다.

그냥, 이렇게 나를 쏘아볼 뿐.

이런 코딱지만 한 지분을 빼앗아 가려는 놈들은 놀부 심보인가. 지분은 주연을 제외하고 모든 배역에게 공평하게 배당되어 있다.

나는 나를 노려본 '마일'이라는 여성을 바라보았다.

'조지' 무리 중에서 유일하게 걸크러쉬를 맡은 역할이며, 시즌1에서 독보적인 카리스마를 자랑할 여성 캐릭터. 그 누구도 내게 적개심을 드러내지 않은 상황에서 유일하게 내게 기묘한 눈빛을 보내는 배우다.

현재 내게 '경계 대상 1호'라고 할까.

"포스터 촬영 진행하겠습니다."

스튜디오 콘셉트는 첫 촬영이 예정되어 있는 종합 쇼핑몰이다.

총 4층짜리 종합 쇼핑몰의 일부분을 그대로 가져온 세트장에서 치러진 포스터 촬영. 남자 배우 네 명과 여배우 세 명이 카메라 앞에 섰다.

"지금 좋은데, 느낌 조금만 더 거칠게 내 볼게요."

특수분장 팀이 입고 있는 옷에 먼지와 흙, 기름 자국 등을 덕지덕지 바르기 시작했고, 소품 팀은 소총과 무기가 될 만한 나이프, 야구방망이 따위를 건네주었다.

내가 처음 건네받은 것은 엽총 한 자루였으나.

"엽총보다는 쇠몽둥이가 어떤가요?"

시즌1 막바지에서 쇠몽둥이를 휘두르는 장면이 비중 있게 나오는데, 이를 기억한 내가 손을 들어 의견을 제시했다.

그러자 연출 감독이 고개를 끄덕였다.

"오, 그렇네요. 재희는 파이프로 바꿔줘요."

쇠파이프로 바꿔 들고 LA다저스 로고가 박힌 캡모자도 하나 눌러썼다.

그러자 분위기가 확 달라진다.

각자 무기를 들고 다시 카메라 앞에 섰다.

"좋아요!"

포스터 촬영 감독이 카메라 셔터를 누르며 제각기 다른 포즈를 주문했고, 우리는 그에 맞춰 움직였다.

"아주 좋아요!"

셔터가 번뜩일 때마다, 표정과 자세를 바꿔주었다.

"다음은 더스트(좀비)들이랑 함께 촬영할게요!"

더스트. 극 중에서 먼지를 뒤집어쓴 좀비들을 일컫는 명칭. 일반적으로 알려진 좀비와 뭐가 다르냐고 물을지도 모른다. 걸음걸이, 특징들은 흡사하다. 외형적인 느낌만 조금 괴상하게 바뀌었을 뿐.

피부 자체가 전체적으로 갈색 모래 톤이 유지된다. 사막 길리슈트를 입은 군인처럼 보이기도 했고, 바닷물에서 빠져나와 곧바로 모래사장을 뒹굴면 이런 모습이지 않을까 싶기도 했다.

지난 한 달간, 더스트를 연기하기 위해 맹훈련을 거듭한 배우들 이십여 명이 몰려들었다.

"지져스."

이들의 등장에 스튜디오 전체 온도가 훅 올라간다.

"대에박."

영미 씨가 곁에서 숨을 집어삼키며 인상을 찌푸렸다.

"존나 무섭잖아."

"……."

그래. 정말 기괴하다.

어떻게 구현했나 싶을 정도로 리얼했다. 물론 특수의상을 입은 배우는 바스트 컷이 찍힐 몇몇뿐이다.

이들 다수가 CG를 씌울 것이지만, 기괴한 갈색 피부화장과 걸음걸이는 더스트 그 자체였다.

"이건…… 음. 이런 괴물들에게 쫓길 생각을 하니……. 정말 끔찍하군요."

주연배우를 맡은 '조지'가 숨을 집어삼켰다. 그러자 연출 감독이 웃으며 다가왔다.

"하하, 성공적이군요. FX팀이 정말 고생했습니다. 더스트 특수의상을 제작할 '패브리케이터'를 섭외하는 데 공을 많이 들였어요."

"……."

응? 나는 귀를 의심했다.

패브리케이터라는 단어는, 나와 인연이 있는 단어니까.

내가 물었다.

"혹시, 그 패브리케이터가 누굽니까?"

<데드 매니악>의 더스트(Dust) 의상을 제작한 패브리케이터.

그러자 연출 감독이 손뼉을 쳤다.

"아! 재희, 한국인이었죠. 혹시 이분을 알고 있습니까? '세인트 리'라고."

"……."

세인트 리, 알다마다.

영화 <패브리케이터>의 실존 모델 이름이다. 아직 실제로 만나보지 못했을 뿐. 그의 인생은 오웬 형제들의 스크립트에서 이미 충분히 겪었다.

나는 황급히 물었다.

"이럴 수가! 그분은 지금 어디에 계십니까?"

예상도 하지 못했다. 내가 찍을 영화의 실제 모델을 이곳에서 만나게 될 줄이야!

FX팀이 필수인 <데드 매니악>의 특성상 일류 FX팀이 붙어야 할 터. 그렇다면 역시, 그밖에 없지.

세인트 리는 40대의 한국인 중년 남성이었다.

"재희 씨!"

"이럴 수가!"

그는 다행히도 나에 대해서 알고 있었고, 그 역시 나와의 만남을 고대하고 있었다.

세인트 리가 내 손을 꽉 잡으며 말했다.

물론, 아주 친숙한 한국어로.

"만나 뵙게 되어서 영광입니다. 한국 영화는 아직도 많이 찾아봅니다. 재희 씨에 대해서는 익히 알고 있어요. 할리우드 진출하셨다는 이야기는 기사로 접했거든요. 또 '게라드 쇼' 역시 챙겨봤고요. 아주 시원시원한 말씀 인상적이었습니다."

그는 쉴 새 없이 이야기했다.

나에 대해 알고 있고 <게라스 쇼>까지 챙겨봤다고 한다. 연기가 인상적이었고, 계속해서 미국에서 작업을 한다면 언젠가 작품을 함께하게 될지도 모른다고 생각했는데 그 날이 이렇게 빨리 오게 될지 전혀 몰랐다는 말.

"저야말로 영광입니다. 너무 뵙고 싶었습니다."

"에, 저를요?"

"네."

"음? 한국에 저에 대해 자세히 소개되지는 않았을 텐데요? 이유가 궁금하군요."

"그 이유에 대해서는 곧 말씀드리겠습니다. 아니, 조만간 다시 뵙게 될지도 모르겠네요."

물론, 미네소타에 있는 오웬 형제 작업실에서. 하지만 입 밖으로 꺼내지는 않았다. 오웬에게 나에 대해 비밀로 해달라고 말해야겠다. 깜짝 선물이 될 테니까.

내 말에 세인트 리가 빙그레 웃으며 말했다.

"하하! 무슨 말인지는 모르겠지만, 그 만남이 기대되는군요."

세인트 리는 감격한 듯 보였다.

"어쨌거나 할리우드에서 한국인 배우와 작업하는 것이 얼마 만의 일인지!"

"하하, 벌써 한국 배우와 작업하신 적이 있습니까?"

"10년 정도 전에요. 조승희 씨가 출연했던 영화에서 의상을 만들었었죠. 이름이 뭐였더라……. 워낙 오래전이라 가물가물하네요."

"이스트 다크 킬러요?"

"아아! 맞아요. 그 작품."

조승희가 감독에게 인종 차별을 당했다고 토로했던 그 작품.

세상은 좁고, 인연은 돌고 돈다고 했던가.

어쨌든 그를 여기서 만나게 될 줄이야.

"너무 반갑습니다!"

내가 세인트 리와 인사를 나누자, 주연인 '조지'를 비롯한 <데드 매니악>의 배우들이 저마다 다가와 인사를 나누기 시작했다.

"이런, 이런. 이렇게 끔찍한 괴물이 누구 손에서 만들어졌나 했더니, 반갑습니다."

"저도 감염되면 이 의상을 입는 겁니까? 물론 영광스러운 일일 테지만. 으으…… 가급적 피하고 싶군요. 난 오래 살아남고 싶다고."

"하하!"

분위기가 좋다.

이 봐, 다들 보라고.

두 한국인이 미국 드라마에서 얼마나 중심적인 역할을 맡았는지!

나는 세인트 리의 손을 맞잡았다.

"개인적으로 연락처를 묻고 싶은데요."

그러자 세인트가 말했다.

"이런, 제가 입 밖으로 꺼내지 못한 얘기를 먼저 해주시다니. 언제 제가 LA 구경 제대로 시켜드리겠습니다."

"그거 좋지요. 식사는 제가 사겠습니다."

인사가 끝나고, 배우들이 다시 카메라 앞에 섰다.

잠시 중단되었던 촬영이 재개되는 순간. 내가 배우로 돌아가듯, 세인트 리 역시 어느새 '패브리케이터'로 돌아가 있었다.

더스트 역할을 맡은 배우들의 의상을 손봐주고, 활동이 불편한 부분은 없는지 체크하기 시작했다.

나는 그런 세인트 리의 모습을 눈에 고스란히 담기 시작했다. 이 드라마를 진행하면서, 생소했던 '패브리케이터'를 고스란히 머릿속에 담아둔다. 이 모든 것들이 영화 <패브리케이터>를 찍을 때 큰 힌트가 될 것이다.

이거, 의도하지는 않았지만 꽤 괜찮은데?

"자, 프리 캡처(미리 촬영, 자유 구도)로 찍겠습니다. 세트장을 누비며 마음껏 연기해 주세요."

촬영이 재개되었다.

드라마 트위터와 공식 홈페이지에 올라갈 캐릭터 스틸 이미지들. 더스트 들이 나와 조지, 마일에게 덤벼들기 위해 자세를 취하기 시작했다.

나는 자세를 최대한 낮춰 응했다.

쇠파이프를 잡은 손에 힘이 들어간다.

"자! 액션!"

더스트가 내게 달려들었고, 나는 빠르게 몸을 틀어 피해냈다.

<데드 매니악>의 첫 촬영이 시작된 지도 벌써 일주일이 흘렀다.

그사이 '더스트(괴물) 습격 이전'의 과거 신들을 촬영했다.

더스트가 들이닥쳐 멀쩡한 세트를 부숴 버리기 전, 세트가 멀쩡할 때 주 조연 배우들의 과거 이야기를 털어내야 하는 것은 당연한 얘기다.

부숴다가 다시 지을 수는 없는 일이니까.

1회에서 16회를 넘나들며 회상 장면 촬영을 모두 마쳤다.

"다음 장면 찍겠습니다!"

그리고 드디어, 내 첫 촬영이 시작되었다.

눈을 떴다.

끔뻑, 끔뻑.

가장 먼저 보이는 것은, 커피 자국이 묻어 있는 천장.

저기에 왜 커피 자국이 묻어 있을까.

고민도 잠시, 아주 천천히 몸을 일으킨다.

그리고 하루에 정해진 루틴을 시작했다.

낡은 고물 라디오를 탁탁 두드리면, 여자 아나운서의 날씨 소식이 들려온다.

-굿 모닝! 캘리포니아. 오늘의 날씨에 대해 알려드립…….

동시에 칫솔을 들어 올린다.

칫솔 위에 쭈욱 떨어지는 치약.

커튼을 열어젖히면 아침 햇살이 가득 방 안으로 들어온다.

퀴퀴한 벽지, 미니 냉장고, 굴러다니는 과자봉지, 물병 따위가 바닥을 어지럽히고 있다.

한눈에 보기에도 어지럽고 좁은 아파트.

먼지 자국이 가득한 낡은 거울 앞에서 양치질을 시작한다.

슥슥.

거울 너머 벽에는.

**한국어 사용 금지! 영어 사용 생활화!**

자필로 쓴 글귀가 눈에 들어왔다.

간단하게 얼굴에 물을 끼얹고, 세면대에 머리를 박고 찬물로 머리를 감았다.

수건으로 머리를 털어내고, 얇은 야구점퍼에 스냅백을 눌러쓰고 백팩을 들어 올린다.

철컥.

문을 잠그고, 곰팡이가 가득한 아파트 복도를 걸으면 하루 일과의 시작이 완료된다.

귀에 이어폰을 끼자, 경쾌한 리듬의 Ben Kwell의 Hold On이 흘러나온다.

가벼운 발걸음으로 아파트 계단을 터덜터덜 빠져나왔다.

먼발치에서 찍히는 풀 샷.

음악에 맞춰 걸으며 한 바퀴 빙그르르 돌아보기도 하고, 어느새 익숙해진 캘리포니아의 아침을 만끽한다.

유학생, 미국에 온 지도 벌써 2년.

손목에 채워진 손목시계를 확인해 보았다.

아침 8시 33분. 나는 발걸음을 재촉했다.

대형 할인마트 'Beck's Shop' 1층에 위치한 제과점은 언제나 붐빈다.

자칫 잘못하면 지각을 하거나, 아침을 굶게 생겼다고.

"……."

하지만 금세 발걸음을 멈추었다.

"어라."

눈 뜨자마자 집 천장에서 보았던 생소한 커피 자국이 왜 도로 표지판에 칠해져 있는 걸까. 그제야, 매일 똑같이 생각했던 캘리포니아가 다르게 느껴진다.

길거리에는 유달리 사람이 없고.

왜 이렇게 황량하게 느껴지는 거야? 마치, 죽은 도시처럼.

나는 눈을 가늘게 뜨고 아주 천천히 걸었다. 주변 경계를 늦추지 않은 상태로.

코앞에 마트 'Beck`s Shop'이 눈에 들어온다.

그런데 이게 웬걸.

"……사람이 없잖아."

뭐야, 왜 이래?

이어폰 한쪽을 빼내었다.

그러자 귓가에서 흘러나오던 Ben Kwell의 Hold On이 아주 천천히 디졸브 되듯 사라지고 주변 공기가 급변한다.

내 시야를 따라 앵글이 회전하고.

쾅! 파아앙!

거대한 폭음과 함께 유리창이 깨지며 유리 조각들이 눈앞에 떨어졌다.

"뭐, 뭐야."

나는 몸을 움츠린 채 그 자리에 얼어붙듯, 굳어버렸다.

귓가가 웽웽거린다.

한쪽 귀에서는 어제와 다름없던 Ben Kwell의 Hold On의 일상이 다른 한쪽 귀에서는 이제껏 겪어본 적 없는 비일상적인 사이렌 소리가 귀를 찌른다.

이어폰을 완전히 빼내었다.

도시 전체에 터져 나오고 있는 비상 사이렌 소리.

위기감이 본능적으로 몸을 엄습한다.

굳어 있던 다리가 조금 풀어지며, 나는 발걸음을 재촉했다.

뚜벅, 뚜벅.

한 걸음. 두 걸음.

어딘가에서는 알 수 없는 비명이 터져 나오고, 가스관이 폭발하는 굉음이 들려온다. 그제야 또렷하게 보인다.

도시 전체가, 달라졌다.

나는 침을 꿀꺽 삼키며, 그대로 집으로 돌아가기 위해 몸을 돌렸다.

하지만 그때.

"게에에에에에엑!"

내 앞을 막아서는, 갈색의 인간.

머릿속의 사고가 그대로 정지해 버리며 몸이 굳어진다.

영화 촬영 중인가? 도대체 저 사람은 뭐지?

좀비? 괴물? 모래? 코스프레야? 지금 도시 전체가 나를 상대로 몰래카메라를 하고 있는 건가?

어딘가 숨어 있을지 모르는 방송국 카메라를 찾듯 눈동자가 옆으로 돌아간다.

그러자, 갈색 괴물이 반응했다.

"게에에엑!"

기괴하다.

몸과 팔, 목을 사정없이 꺾으며 내게 다가온다.

저건, 인간이 아냐.

나는 뒷걸음질 치려 했지만.

"……허, 헉."

다리에 힘이 풀려 버리고 말았다.

젠장! 이게 뭐야?

왜 하루 만에 모든 것이 바뀐 거지?

놈이 속도를 올리기 시작했다.

내 멈췄던 사고가 제대로 돌아가기 시작한다.

'뛴다.'

일단은 뛰어야 해.

재빠르게 몸을 일으켜 무작정 뛰었다.

다행히 놈은 내 속력을 따라올 만큼 잽싸지는 못했다.

'Beck's Shop'의 간판이 눈앞에 들어왔고, 나는 건물 안으로 뛰어들어 갔다.

안은 아비규환 그 자체다.

"시발."

영어가 아닌, 한국어가 튀어나왔다. 벽에 문구를 써가며 나 자신과 했던 약속을 책망하는 대신, 나는 재빠르게 안으로 뛰어들어 갔다.

"꺄아아아아악!"

"살려줘!"

"이게 뭐야!"

쫓기는 사람들. 그리고 쫓는 사람들.

아, 사람이 아닌가?

이런 내 의구심에 불을 지필 새도 없이 무언가가 나를 들이받았다.

퍼억!

"큭"

"저리 비켜! 이 퍽킹 새끼야!"

나와 부딪힌 백인 남자는 욕지기를 내뱉으며 자리에서 일어나더니 내가 나온 출구 쪽으로 달려갔다.

시선이 돌아간다.

그곳에는 백인 남자를 쫓아가던 괴물이 내게 쇄도해 오고 있었고. 이곳이 안전지대가 아니라는 사실을 확실히 깨달은 나는 건물 밖으로 달아나기 위해 재빨리 몸을 일으켰다.

하지만 그대로 멈춰 서버렸다.

"켁, 케게객, 켁. 사, 살려…… 살려줘."

"……시발."

나를 밀치고 달아났던 백인 남자는, 출구에서 또 다른 괴물에게 붙잡혀 사정없이 물어뜯기고 있었다.

물어, 뜯겨?

나는 생각하기를 포기하고 가게 깊숙한 곳으로 뛰어들어갔다.

눈앞에 펼쳐진 지옥도. 어제까지만 해도 보았던 평화로운 일상과 내 귓가를 울리던 Ben Kwell의 Hold On은 온데간데 없고 지옥이 펼쳐졌다.

"으에에에엥!"

그때, 한 여자 꼬마 아이가 바닥에 주저앉아 있는 모습이 눈에 들어왔다. 그녀를 향해 다가오는 갈색 괴물의 모습도.

짧은 순간이지만, 인간의 도의와 내 생존본능. 이 두 가지에 대한 고민이 스쳐 지나갔다.

하지만 2층 계단이 눈에 들어왔고, 탈출 루트를 찾은 내 고민은 그리 길지 않았다.

재빨리 뛰어가 여자아이를 껴안아 들었다. 그리고 식료품이 가득한 좁디좁은 찬장 사이를 뛰었다. 뒤를 돌아보니, 내 뒤로 셋 이상의 괴물이 따라오고 있었고.

"으아아아아아아!"

나는 사정없이 소리치며 뛰었다.

쾅! 콰아앙!

황급히 등으로 비상계단 입구를 막아선 채로 멈춰 섰다.

쿵! 쿵! 쿵!

괴물들이 문에 몸을 들이받았고, 문이 들썩였다. 하지만 나는 이를 악물며 버텨냈다.

눈앞에 보이는 2층으로 향하는 비상계단.

뛰어야 할까?

그때 위에서 발걸음 소리가 들려온다.

저벅, 저벅.

……누구야.

진퇴양난에 빠진 순간 난 속으로 소리쳤다.

제발! 괴물만 아니기를! 사람이기를!

그때, 웬 백인 남자 한 명이 계단에서 내게 달려들며 내 목에 부엌칼을 겨눴다.

"너, 누구야."

"……에, 에."

"아이를 내려놓고 돌아가."

"나, 나는……."

그때, 내게 안겨 있던 딸아이가 말했다.

"아, 아빠. 이 오빠가 구해줬어요."

"……."

……아빠?

-오케이!

오케이 사인이 떨어지자마자, 나는 그 자리에 주저앉아 호흡을 가다듬었다.

그러자 딸아이의 아빠이자, 드라마 <데드 매니악>의 주인공인 '조지'가 미소 지으며 내 어깨를 두드렸다.

"재희. 연기 경력이 얼마나 되었어요?"

"예? 한 4년 정도."

"눈빛이 너무 좋은데요? 덕분에 나까지 잔뜩 몰입해 버렸네."

그리고 너털웃음을 지어 보였다.

"하하, 고마워요. 조지."

나 역시 잔뜩 몰입해 버렸다.

세인트 리가 정밀하게 만든 '더스트'.

정말 괴물이 쫓아오는 것 같아 무서웠거든.

연출 감독 역시 흥분한 얼굴로 달려와 나를 치켜세웠다.

"믿기지가 않는군요! 역시 우리 눈이 틀리지 않았어!"

"거봐요. 내가 말했지? 재희 연기력은 이미 한국에서 증명되었다니까!"

단, 한 장면, 나에 대한 증명은 오래 걸리지 않았다.

다음 신은, 'Beck's Shop'에 안전구역을 마련한 생존자들이 한자리에 모이는 장면.

남자 배우 다섯, 여자 배우 셋. 총 여덟 명의 배우가 한자리에 모여 이 상황에 대한 이야기를 나누는 장면.

"리허설 할게요."

리허설을 진행했다.

촬영 시, 혹은 리허설 도중 배우들 사이에서 기 싸움은 으레 있게 마련이다.

두 명만 있어도 기 싸움이 생기는데, 8명 이상이 나오는 떼신이라면?

말할 것도 없다.

더군다나, 나 같이 할리우드에서 그 무엇도 증명한 적 없는 신입이 눈앞에 있다면 더더욱 맹수들의 좋은 먹잇감이 된다.

풀 샷에 담긴다면 보다 좋은 위치에 서려고 하거나, 상대방의 대사 말미에 힘입어 의도적으로 피치를 올리려고 한다거나, 본인이 돋보이도록 장면을 찍고 싶어 한다는 것.

'마일.'

자신의 분량을 늘려달라는 요구를 하며, 내게 질투의 시선을 보내던 '마일'이라는 여자 배우. 그녀는 마치, 의도적으로 위에 언급한 모든 것들을 통해 나를 공격하는 것 같았다.

리허설 도중 교묘하게 앵글을 가리기도 하고, 대사 타이밍을 한 박자 빠르게 연기하기도 했다.

"이 장면에서 제가 자리에서 일어나면 어떨까요?"

쓸데없는 장면에 힘을 주며 자신을 돋보이고 싶어서 안달

난 것 같았다.

하지만 이 정도 기 싸움은 내게는 특별할 것도 없다.

한국에서도 으레 있어 왔던 일이니까.

그렇기에 나는, 순수할 만큼 정직하게 연기했다.

모국어를 쓰지 않는다는 점을 제외하면 마일이라는 배우의 파괴력은 그 어느 것 하나 위협적이지 않았으니까.

온전히 '나'를 바라보고 연기했다.

어떻게 하면 인물을 온전히 120% 연기할 수 있을까. 내게 주어진 에피소드에 진실성을 부여하려면 어떤 표정을 지어야 할까. 상대방 대사를 들으니 이런 기분이 드네? 이렇게 연기하면 어떨까.

연기는 합을 맞추는 행위다.

그런데 누군가가 그 '합'을 자꾸만 깨려고 한다면?

"잠깐만요, 잠깐만."

연출 감독이 메가폰을 들게 된다. 리허설을 바라보던 연출이 불편한 심경을 그대로 드러냈다.

"마일, 감정을 조금 죽이는 게 어때요? 재희 지금 감정 상태 좋으니까, 이쪽을 살렸으면 좋겠는데."

"그 말은, 제 연기가 더 별로였다는 말인가요?"

"아뇨, 그럴 리가요."

마일의 얼굴이 구겨졌다.

연출이 아니라고 부정했지만, 그녀도 실은 알고 있을 것이다. 이 필드의 주인공은, 당신이 아니라는 것을.

동료 배우들 역시 말은 하지 않았지만 얼굴색을 통해 불편한 기색을 드러냈다.

'마일, 유치한 행동은 그만두는 게 어때?'

이렇게.

나는 조금 전의 연기로, 여기 모여 있는 이들 모두에게 인정을 받은 셈이니까.

나는 하고 싶은 말이 잔뜩 있었다.

연기는, 피부색으로 하는 것이 아니야.

분량? 그걸 따고 싶으면 스스로가 증명해야지. 안 그래?

하지만 이런 말들을 목구멍 깊숙이 숨겼다.

그런 마일과 내가 눈을 맞추었다.

나는 그 어떤 적개심을 배제한 순수한 눈으로 그녀에게 말했다.

"마일, 하고 싶은 대로 연기해요. 저는 괜찮으니까."

응, 어디 한번 해봐.

"그 말이 무슨 말이죠?"

내 말에 마일이 발끈하듯 물었다.

하지만 나는, 아주 순수하게 웃어 보였다.

"제가 마일의 동선에 맞춰서 연기하겠다는 얘기입니다."

"……."

그러자 마일의 눈에 짙은 혐오감이 들어섰다.

으음. 이봐, 그렇게 벌레 보듯 바라보지 말라고.

마일이 입술을 파르르 떨며 말했다.

"그냥 하시죠."

그래. 할리우드에서 알려진 내 인지도의 한계는 고작 이 정도다. 작품으로 증명하지 않고, 입만 나불거렸으니까.

'재희'라는 이름만 조금 널리 퍼졌지, 내가 뭐 하는 놈인지, 어떤 놈인지는 그 누구도 모르고 관심도 없다.

고고하신 할리우드 배우님들에게는 그냥 거슬리는 동양인일 뿐이다.

뿌리 깊게 박혀 있는 이런 편견, 이를 부정할 생각은 없다. 허리를 굽히며, 좋게 봐달라고 애걸복걸할 생각도 없다.

"뭐, 좋으실 대로."

나는 나대로. 저들은 저들대로.

판단은, 제삼자가 하겠지.

가볍게 고개를 끄덕이며 연출을 바라보았다.

"저는 준비 끝났습니다."

그러자 연출 감독이 황급히 고개를 끄덕였다.

"아, 네네. 일단 한 번 찍어보죠. 찍고 마음에 안 들면 다시 찍으면 되니까. 자! 스탠바이 갑시다!"

"스탠바이!"

일순간, 소란스러워진 장내.

그 틈바구니에서 조지가 내 어깨를 두드리며 말했다.

"한국에서 유명하다고? 이거 미처 몰라봤네."

"조지에 비하면 아무것도 아니죠. 영국에서 가장 잘나가던 배우셨는데."

"이런, 영국에 와본 적 있어?"

"네. 런던에 여행 차."

"으하하! 다음에 또 런던에 들르게 된다면 언제든지 연락하라고. 내가 소개해 줄 테니까."

"재희, 뉴욕에는 가본 적 없나요?"

"저 일전에 한국에 방문한 적이 있어요. 서울? 서울 맞죠?"

주변에 모여 있던 배우들이 일제히 내게 호기심을 보였다.

1인분 이상을 해낼 수 있는 어엿한 배우들을 위한 무대.

이들 틈바구니에서 살아남는 방법은 스스로를 이렇게 증명하는 방법뿐이고.

나는 <아다지오>에서 그랬듯, 이들에게 첫 단추를 끼웠다.

유일하게 나를 인정하지 않은 마일은, 미운 오리 새끼처럼 무리에서 동떨어져 혼자 대본을 노려보았다.

그런 마일에게 내가 말했다.

"편하게 하세요."

'차별'이 그 누구도 느끼지 못할 만큼 아주 천천히 옥죄어오듯 타인에게 얻는 신뢰 역시 마찬가지다.

느끼지 못하는 사이, 멀게만 느껴지던 사람이 아주 가깝게 느껴지는 경우도 있다.

"스탠바이!"

슛 사인이 돌자 정신이 아득해진다.

인간 도재희로 서 있던 현재의 신체가 비약적으로 팽창하는 듯한 기분. 숨으로 들이마신 호흡이 아랫배를 따스하게 휘감았고 텐션이 올라간다.

나는 내 속에 있는 엔진에 계속해서 부채질했다.

조금 더, 조금만 더.

"액션!"

카메라의 REC 빨간 불이 나를 비추었지만, 나는 옴짝달싹한 입술을 떼지 않았다.

3초.

모아둔 기를 폭발하듯, 단박에 에너지를 뿜어냈다.

"이, 이런! 제기랄!"

할인 매장 2층. 붙박이장, 가구 따위로 1층을 통하는 출입구가 폐쇄되어 있는 공간.

생존자 수십여 명이 한데 모여 있지만 언제 죽을지 모르는 불안감에 떨고 있는 이곳.

"제기랄!"

콰앙!

나는 있는 힘껏 선반을 걷어찼다.

와장창! 소리를 내며 캔 깡통, 통조림 따위가 떨어졌다.

조지가 내게 다가와 나를 만류했다.

"이봐, 친구. 일단은 소리를 내지 않는 편이 좋겠는데. 밑에 있는 놈들에 대해서 아무것도 모르니까 말이야."

"아저씨는 왜 이렇게 침착해요?"

지금, 나 혼자 흥분한 거야?

아니다. 다수의 사람들이 잔뜩 붉어진 얼굴로 분노하고, 오열하고, 슬퍼했다.

그런데 이자는 왜 이렇게 침착한 거야?

내 질문에 조지가 눈썹을 꿈틀거렸다.

"그야, 나는 혼자가 아니니까."

"……."

조지의 시선을 따라, 조금 전 내 품에 안겨 있던 꼬마 아이가 눈에 들어왔다.

이름이 세실이라고 했던가.

아이를 보자, 들끓던 속이 조금 식어가는 기분을 느낀다.

냉정해지자.

"후우!"

하지만.

이런 상황에서 냉정할 수 있는 사람이 얼마나 있을까.

"그러니까, 지금 세상이 변했다는 거잖아요. 제가 지난주에 퉁퉁 불어터진 라면을 호호 불어가며 먹을 때 보았던, 영화 '월드 디제스터'에 나오던 좀비들이 스크린을 뚫고 나와 나를 죽이려고 하는데."

어떻게 냉정해질 수 있겠나? 유학원은 어떻게 되는 거지? 한국은 어떨까? 내 가족들은?

이런 내 의문에 조지가 단호하게 말했다.

"정확히는 좀비가 아니라, 더스트(Dust)라고 하더군. 먼지를 뒤집어쓴 모래 괴물이지."

"아, 네. 이런 판국에 그딴 게 뭐가 중요할까요. 제기랄! 빌어먹을 라디오 같으니."

내 시선이 창밖으로 향했다.

더스트건, 좀비건 간에.

웨에에에에엥!

사이렌이 멎으며 똑같은 멘트의 라디오가 반복적으로 흘러나왔다.

캘리포니아 공영 라디오에서는 통칭, 더스트(Dust)로 불리는 전염병이 돌고 있으니 집 밖 외출을 자제할 것을 권고했고. 창문을 열지 말 것이며.

-절대, 타인과 접촉하지 마십시오.

……빨리도 말한다.

출근 시간. 집 밖으로 나와 있는 사람들이 대다수고. 길거리는 이미 점거당했다. 당장 건물 2층에서 빠져나갈 방법이 없다.

군대를 동원하고, 원인을 찾아내고 있으니 끝까지 생존할 것을 말했지만, 기간을 정해두지 않았다.

이는 전 세계적으로 퍼지고 있다고도 말했다.

나는 터져 나오는 울화통을 못 이겨 다시 한번 바닥을 향해 세차게 발길질했다.

쾅! 쾅!

"제기랄! 제기랄!"

이렇게 될 줄 알았으면 그냥 한국에 있는 건데.

가족들 곁을 떠나서 이게 무슨 꼴이람.

그러자 조지가 다시 한번 나를 만류했다.

"별로 좋은 행동은 아냐."

"……."

맞는 말 같아서 행동을 멈추었다. 불 난 집에 기름을 들이붓고 있었으니까.

이제, 냉정하게 고민할 때다.

나는 그 자리에 서서 사람들을 바라보았다.

매장 2층의 사람들의 몰골은 참혹했다.

부상에 신음하는 사람들, 공포에 절어 있는 사람들, 공황장애에 빠져 정신을 못 차리는 사람들. 당장에라도 뭔 사고를 칠 것만 같은 위험한 눈빛을 보이는 사람들.

조지는 세실(딸)을 끌어안은 채, 자리에 주저앉아 피곤하다는 듯 눈을 감았다.

그때, 웬 호리호리한 단발머리의 여자가 말했다.

"일단, 이곳에서 나가야 합니다."

그러자 술렁술렁하던 주변이 일순간 고요해졌다.

반장갑을 끼고, 타이트한 검은색 나시를 입고 있는 그 여성은, 어딘지 모르게 강인한 여전사의 분위기를 풍겼다.

그런데, 나가야 한다고? 왜?

이런 내 우려가 정확히 맞아떨어지며, 웬 덩치가 커다란 남자가 우악스럽게 소리쳤다.

"무슨 개 같은 소리야! 방송 못 들었어? 무조건 집 안에 있으라고 하잖아!"

그러자 단발머리 여인인 '마일'이 사람들을 똑똑히 노려보며 말했다.

"나가야지. 언제까지 여기 있을 거야?"

그러고는 주변을 가리키며 말했다.

"이 일이 언제 끝날지 모르는데도?"

해결 방안 역시 뚜렷하게 나온 것이 없다.

더스트는 전염된다고 했다.

그럼, 캘리포니아 길거리에 있는 모든 사람들을 죽이기라도 하겠다는 건가?

또 가장 중요한 포인트. 기간 역시, 정해진 것이 없다.

"여기를 보라고. 아무것도 없잖아?"

얼핏 듣기에 저 여인의 말은 신빙성이 있었다.

빌어먹을 마트. 1층에 식료품이 몰려 있고, 2층에는 주방용품, 가구, 전자기기 따위가 늘어져 있다. 가위 따위를 씹어 먹을 수는 없는 노릇이다.

"언제까지 버틸 수 있으리라고 생각하는 거야? 일이 해결될 때까지 안에서 모두 굶어 죽을 셈이야? 차라리 조금이라도 기운이 있을 때 움직이는 것이 나아."

사무실 등에서 발견한 간단한 음식으로는 이 많은 인원이 아무리 아껴먹는다고 하더라도 이틀도 버티지 못할 것이다.

그래, 틀린 말은 아니다.

하지만 부상자도 너무 많고, 도무지 탈출 방법이 떠오르지 않는다.

사람들은 어느새 마일의 말에 동요하고 있었다.

"그, 그런가?"

"역시 나가야겠지? 난 집으로 돌아가야겠어. 너무 걱정되어서……."

"나도 함께 나갈게요!"

나는 조지를 바라보았다.

"……."

그 누구보다 냉정하게 이 상황을 판단하고 있을 그라면, 어떤 해결 방법을 제시해 줄 것이라 여겼지만.

그는 입을 다물고 있었다.

딸의 안전이 최우선인 그에게는 어떤 선택도 쉽지 않으리라.

그래서, 대신 내가 입을 열었다.

"……가져오면 되죠."

내 말에 주변에 있는 사람들이 반응했다.

"뭐라고?"

"네?"

나는 떠듬거리는 목소리로 말을 이었다.

"여길 나가는 순간 모두 죽어요. 더스트들이 거리에 얼마나 있을지 모르니까. 하지만 1층에는 널린 게 음식이죠. 차라리, 더스트들의 시선을 분산시키고 1층의 음식을 노리는 것이 안전하지 않을까요?"

그러자 마일이 눈에 쌍심지를 켰다.

"그다음에는?"

"……네?"

"죽기만을 기다리는 사형수들처럼 여기에 갇혀 살 건가? 할인 마트 음식들이나 축내면서?"

"……."

'죽음만 기다리는 사형수.'

말이 너무 심하잖아.

내 눈에서도 불똥이 튀었다.

"그 말, 취소해요."

"뭐?"

내가 사람들 쪽을 턱짓하며 말했다.

"공포 분위기 조성하지 말라고요. 안 그래도 모두 다 힘든 상황에서!"

나와 마일의 신경전이 펼쳐졌다.

정확히는 잘 모르겠지만, 뭐랄까.

극 중 배역의 싸움이 아니라, 실제 도재희와 마일의 신경전처럼 느껴지긴 했지만, 아무렴 어때.

이 순간만큼은, 그 어느 때보다 몰입할 수 있다.

그건 비단 나뿐만이 아니라, 마일도 그런 것 같다.

그녀는 바락바락 내가 뿜어내는 에너지보다 강한 에너지를 뿜어내며 연기했고. 이마에는 땀이 송골송골 맺혔다.

"정해요! 나와 함께 밖으로 나갈 건지, 아니면 저 동양인 말대로 마트에 남아서 음식이나 축낼 건지!"

"……."

마일의 말에 조용하던 장내가 들불처럼 술렁거리기 시작했다. 그리고 두 패로 나뉘었다.

이곳에서 나갈 자들과 남을 자들.

카메라 앞에서의 내 표정은 당혹스러움 그 자체였지만, 속으로는 이 말 못 할 희열에 미소 지었다.

확실히 알겠다.

나는 연기할 때, 살아 있음을 느낀다.

<데드 매니악>에서 가장 골머리를 앓는 문제는 다름 아닌, 연출팀과 제작팀의 반목이다.

도재희 캐스팅 때부터 앓아오던 이 다툼은, 섭외과 완료되며 끝난 듯 보였지만 아직 명백하게 남아 있었다.

최근, HBS 스튜디오에서 찍었던 드라마 포스터와 스틸 컷들이 공식 홈페이지와 HBS 케이블 채널을 통해 공개되었다.

데드 매니악? 좀비물이야? 호러 물?

이거 뭐야? 완전, 영화 퀄리티잖아!

좀비물을 시리즈로 볼 수 있다니! 이런 행운이!

<데드 매니악>에 대해 전체적인 반응은, 제법 흥미롭다는 의견들이 종종 튀어나왔지만.

"부족해요."

돈에 민감한 제작 PD가 고개를 절레절레 내저었다.

"반응이 너무 빈약해요. 이 정도로는 안 됩니다."

<라스팔마스의 휴일> 시즌2의 촬영 종료가 임박했다.

즉, 동시간대 가장 강력한 시청률 최강자가 벌써부터 시청자들을 TV 앞으로 불러 모으고 있다는 말.

이럴 수가! 벌써 시즌 2라니!

라스팔마스의 휴일은 인생 최고의 명작.

이렇게 감칠맛 나는 로맨틱 코미디는 처음.

인터넷상에서 <라스팔마스의 휴일> 시즌2에 대한 반응은 이미 뜨거울 대로 뜨거웠다.

거센 폭풍이 연일 휘몰아쳤다.

〈라스팔마스의 휴일〉 시즌10까지 나왔으면 좋겠다.

〈라스팔마스의 휴일〉이 대중들에게 관심을 받을수록, 초조해지는 것은 〈데드 매니악〉 팀이었다.

"상대가 안 되겠네."

제작 PD의 이런 부정적인 반응은 촬영 현장으로까지 이어지는 듯 보였다. 그 덕에 연출팀은 촬영을 준비하며 가시방석에 앉은 기분이나 다름없었다.

하지만 정작, 본 촬영이 시작되자 이들은 점점 편안해지는 기분을 느꼈다.

이게 뭐야? 생각보다 재밌잖아?

제작팀은 생각보다 흥미진진하고 연기력 배틀이라도 하듯 불붙은 현장에 기대감을 품기 시작했고 연출팀은 배우들의 연기에 화답하듯 더욱 의기양양해지며 소리쳤다.

"오케이! 바스트 갑시다!"

시작부터 삐걱거리던 함대가, 조금씩 하나가 되고 있는 순간 그 중심에서 연출이 함박웃음을 지으며, 예의 그 대머리 제작 PD에게 다가갔다.

"어때요? 여전히 9만 달러가 아깝나요?"

9만 달러, 도재희의 개런티.

"……."

"제 생각엔 19만 달러짜리 배우 같은데. 오히려 싸게 쳤다고 생각되는데…… 어때요?"

그래. 우려하던 것보다 훨씬 재미있다.

그리고 비아냥거리던 것보다 훨씬 연기가 안정적이다.

정말 도재희가 제안했던 말 그대로, 자신들보다 비중이 큰 주연들 사이에서 자신의 존재감을 뽐내고 있다.

저 배우 도대체 뭐야?

왜, 자꾸 눈이 가는 거야? 왜?

하지만 대머리 PD는 말을 아끼기로 했다.

"……글쎄요."

그리고 처음으로 생각했다.

정말, 시즌2에서 40만 달러 이상의 값어치가 되지 않을까.

그 정도 개런티면, 할리우드에서도 정상급에 속한다.

하지만.

'……에이, 설마.'

'과연 이 드라마가 성공할 수 있을 것인가?'

<데드 매니악> 촬영이 시작될 무렵, 촬영 현장 전체에 팽배했던 불안감이 있었다.

"시즌 3는 고사하고, 시즌2 재계약이나 하겠어요?"

카메라, 조명, 오디가 같은 기술팀 크루들 다수가 작품당 계약을 진행하는 프리랜서다.

하나의 작품이 끝나고 운이 좋아 차기작에 바로 들어가는 사람들은 극소수. 다수의 크루들은 어쩔 수 없는 공백기를 맞이해야 하고, 그 기간 동안 작품을 기다리며 돈을 벌지 못한다.

다음 시즌 재계약 시에 개런티가 올라가는 것은 배우뿐만이 아니다. 하나의 흥행 작품에 오랫동안 참여하며 시즌 재계약을 진행하는 것이 고액 연봉의 길.

"완전 지뢰 밟았군. '라스팔마스의 휴일' 빈자리나 알아볼 걸 그랬어. 그 드라마는 시즌 10까지는 무리 없을 것 같은데."

그랬기에, 이들은 그 누구보다 작품이 흥행하기를 바란다.

차기작 진행에서 받는 액수가 다라지니까.

작품이 흥행에 참패할지도 모른다는 불안감, 이를 감내하지 못하는 크루들의 마음을 이해하지 못하는 바는 아니지만. 부정적인 분위기가 점점 거세지자 나는 인상을 찌푸렸었다.

'될 것도 안 된다.'

하지만.

"……."

"이 자식들아!"

이런 부정적인 분위기를 주도해서 몰아가던 조명 감독이 조명 팀들에게 고래고래 소리 질렀다.

"이런, 느려터진 놈들! 그 굼벵이 같은 엉덩이 발로 걷어차 버리기 전에 재희 얼굴에 라이트 세 개를 제대로 박아버리라고!"

내가 조명 감독을 의아하다는 듯 바라보자, 조명 감독이 말했다.

"재희 얼굴 까맣게 나오면 너희가 책임질 거야!"

"……."

어느새 분위기가 변했다.

촬영이 진행될수록, 대머리 PD를 포함한 기술팀들이 은근하게 품고 있던 불신은 사라졌다. 이들은 촬영하는 동안 또 한 명의 시청자 입장에서 계속해서 확인하고 있는 것이다.

이 드라마가 품고 있는 힘.

"왜 이걸 몰라봤지? 어처구니없을 정도로 흥미진진하군!"

"라스팔마스인지 뭔지, 이제 그만 내려오라 그래! 우리가 올라설 테니까!"

<데드 매니악>이 가지고 있던 마이너함은 오히려, 전미에 불어 닥칠 새바람이 될 것이라는 사실을, 이들은 알고 있다.

마일이라는 여배우 역시, 입을 다물었다. 대본 수정을 요구

하며 분량을 늘려달라던 그 오만방자함을 부릴 만한 작품이 아니라는 것을 깨달은 것이다.

애초에 상대도 잘못 골랐다.

"재희 없었으면 이 장면 심심할 뻔했어."

"확실히 내공이 조금 다르다고 느낀 사람은 나뿐이야?"

실력 증명을 통해 사람들의 불신을 바로 잡는 일.

특별한 일은 아니다.

〈데드 매니악〉 이라는 드라마는 불신을 뒤집으며 현재진행형이고, 나 역시 반전을 유감없이 드러냈다.

"이러다가 시즌 2에서는 주인공이 재희로 바뀌는 거 아닙니까?"

"오, 그거 정말 가능성 있겠는데? 밥그릇 안 뺏기려면 조심해야겠어."

"그 무슨 농담입니까. 하하!"

조지를 비롯한 다른 배우들은 내게 연일 호의를 나타냈고, 나 역시 매 순간 최상의 퀄리티를 유지하며 이에 보답했다.

〈데드 매니악〉은 이미 촬영을 마친 〈아다지오〉보다 먼저 전미에 공개되는 내 첫 번째 작품이자, 할리우드 커리어에 발판이 될 작품이다.

잘 찍어야 한다. 제대로 찍어야만 한다. 그래서 확실히 나를 각인시켜야 한다.

나는 촬영이 진행될수록, 하루빨리 이 드라마가 대중들에게 공개되었으면 하는 기대감을 숨기지 못했다.

그렇게 한 달가량의 촬영이 끝나고 <데드 매니악>촬영이 중반을 달했을 무렵 베벌리힐즈에 위치한 내 저택에 아주 특별한 손님들이 방문했다.

"어서 오세요. 감독님들."

오웬 형제. 그리고 영화 <패브리케이터>의 헤드급 크루들과 내게 조언하기 위해 방문한 영화의 실제 모델 '세인트 리'까지. 본격적인 촬영을 얼마 남겨두지 않은 시기에, 최종적인 회의 겸 미팅을 위해 방문한 집들이였다.

내가 촬영 중이라 스케줄 진행이 어려운 점을 고려하여 직접 집까지 찾아온 고마운 방문.

"재희!"

"이게 얼마 만입니까!"

그리고 깜짝 선물이 열리는 순간. 나는 코너, 오너 형제들과 악수를 나누고 가볍게 포옹했다. 그리고 제일 끝에 수줍게 들어오는 한국인과 눈을 맞추었다.

"환영합니다."

"엇…… 재희 씨?"

세인트 리, 그가 너무 놀랐다는 듯 눈을 큼지막하게 떴다.

세인트 리와의 만남은 꽤 오래전 일이다.

의상 제작자인 그는, 특별한 일이 없는 한 현장에 방문하지 않았고. <데드 매니악> 촬영이 정상 궤도에 오른 지금은 이미 벌써 다른 작품에 투입되었다고 들었으니까.

내 '깜짝 선물'.

그는 갑작스러운 만남에 적잖이 놀란 기색을 보였다.

"……재희 씨가 어떻게?"

"하하. 반갑습니다. 제가 말씀드렸지 않습니다. 조만간 다시 뵙게 될지도 모른다고."

"아."

그러자 코너 오웬이 옆에서 말을 거들었다.

"재희가 주연배우가 누군지 끝까지 비밀로 해달라고 하더군. 이제 만족해요, 재희?"

"그럼요, 감독님."

내가 엄지를 치켜들었다. 그러자 세인트 리가 그제야 알겠다는 얼굴로 입술을 끔뻑였다.

"아! 이럴 수가. 일전에 감독님들과 재희 씨가 스트리밍 사이트를 통해 나눈 동영상은 저도 봤습니다. 그런데 설마, 재희 씨가 제 이야기를 영화로 찍으시는 겁니까?"

나는 활짝 웃어 보였다.

"네, 맞습니다."

나와 오웬 형제가 함께 영화를 찍는다는 사실. 오웬 형제의 프러포즈는 나를 모르는 해외보다 내 얼굴이 잘 알려진 한국에서 더 화제가 되긴 했지만, 영화인들에게는 흔히 알려진 얘기다.

하지만 정작, 동영상 내에서는 어떤 영화를 찍는지. 또 언제 찍는지에 대해 나눈 대화는 없었고.

동영상 이후, 그 어떤 정식 발표도 나가지 않았다.

"재희 씨라니…… 오늘을 위해 다 숨기시다니. 이미 다 알고 계셨군요."

그러니, 세인트 리는 당황할 수밖에 없지.

이미 몇 년 전에 대본. 그 후에 폐기되듯 책장 안에 잠들어 있다가 나와 오웬 형제라는 이번 만남을 통해 세상에 공개될 결심이 섰다.

나와의 만남 전에는 영상화를 반쯤 포기한 상태였으니까.

아마, 세인트 리는 그의 이야기가 영화로 만들어질 것이라는 사실조차 얼마 전에 알았을 것이다.

"이래서…… 저를 알고 계셨군요."

"네. 그 대본을 읽는 순간, 꼭 연기하고 싶었습니다."

당신의 삶을.

세인트 리의 눈빛이 묘해졌다.

그가 감동이라도 받은 것 같은 눈망울로 말했다.

"재희 씨가 연기해 주신다니…… 이거, 너무 영광이지만. 실제 제 모습과 너무 비교되는 것 아닌지 모르겠네요. 하하!"

"이런, 충분히 멋지십니다."

우리 둘의 대화를 조용히 듣고 있던 오너 오웬이 장난스럽게 말했다.

"이런, 이런. 반가운 인사는 나중에 다시 하고 우리 좀 챙기지그래?"

"입 닥쳐 오너. 타국에서 만난 한국인인데 얼마나 반갑겠어?"

"농담도 못 하나, 이 사람이."

"하하, 죄송합니다. 어서 들어오세요."

웰컴 투 도재희 하우스.

우리는 거실 소파에 나란히 앉아 차를 마시고 근황 이야기를 나누었다.

그러기를 잠시.

"이제 세상에 알려야죠."

"네. 그래야죠."

오너 오웬이 미리 준비된 자료들을 꺼내 들었다.

세상에 알릴 보도 자료들과 아직은 공개할 수 없는 캐스팅이며 주 소비계층 타깃 분석 정보며 개런티에 관한 세부내용들. 서류들을 들어 올리며 제작을 담당하는 오너 오웬이 말했다.

"준비됐나요, 재희?"

이제 알릴 준비가 되었냐는 질문. 나는 이 순간을 기다렸다.

영화 〈패브리케이터〉에 대해 공식적으로 발표할 자료를 취합하는 순간. 세인트 리를 포함하여 한국인 모두에게 내 차기작에 대해 자랑스럽게 말할 수 있는 순간.

"그럼요."

이제, 본격적인 시동이 걸릴 차례다.

**[오웬 형제와 도재희의 공개 고백! 영화 '패브리케이터' 출연 확정.]**

**[영화 '패브리케이터' 실존 한국인을 대상으로 한 실화 영화. 사상 최초의 도전? 할리우드 관심 집중.]**

**[오웬 형제 × 도재희. 실존 인물 '세인트 리'처럼 할리우드 성공신화를 다시 쓸까.]**

내 스케줄 정보들이 미국과 한국에 동시에 공개되었다.

"믿을 수 없다!"

"오웬 감독? 도재희? 아, 그 동영상?"

할리우드 전체적인 분위기는 '동양인 성공 실화'를 소재로 한 영화를 만든다는 것에 충격을 받은 듯했다.

백인 사회에서 일구어낸 동양인의 성공 이야기. 미 우월주의가 잔뜩 들어 있는 백인 영화 사이에서 성공할까?

**[영화는 도박이 아니다. 오웬 형제의 '큰 실수'가 될 작품.]**

**[동양인의 편견을 깨는 오웬 형제의 도전. 하지만 가능성은 희박하다.]**

몇몇 평론가들 사이에서는 영화의 뚜껑이 열리기도 전부터 부정적인 의견이 쏟아져 나왔다. 보통 출연 확정만 되더라도 기사가 나가는 경우가 다수지만, 이번에는 크랭크업 직전까지 비밀을 유지했다. 그 이유는 이런 이유 때문이다.

"이 정도는 예상했잖아요?"

"그럼요. 오히려 약한데요? 더 공격적일 줄 알았는데."

차별과 편견이 잔뜩 느껴지는 공격성이 다분한 글들 사이에서도 나와 오웬 형제는 초연하기만 했다.

"마음껏 떠들라고 해요. 세계적인 배우가 될 재희가 있는데! 우리 영화는 성공합니다!"

"이미 세계적인 감독님이 만드시는 영화인데요. 저는 걱정 안 합니다."

모든 준비가 끝난 상황에서 보여준다.

감독이 오웬 형제다. 거기다 <게라드 쇼>를 통해 일종의 도전장을 내민 동양 배우의 만남. 이를 사람들이 어떻게 받아들일지는, 뚜껑이 열리고 나서 떠들라고.

일부 부정적인 의견들 사이에서 실제로는 할리우드의 짙은 기대감이 엿보이기도 했다.

'과연 어떻게 만들까?'

확실히, 할리우드에서 흔한 영화는 아니니까.

미국 반응은 이렇게 각양각색인데.

그럼, 한국은 어떨까.

-대박이야 대박!

"……."

박찬익 팀장이 전화로 연신 호들갑을 떨었다.

아이고, 귀청 떨어지겠다.

-한국인 실화 영화를 할리우드에서? 지금 국내 반응 장난 아니야. 한국이랑 동시 개봉해 달라고 난리라고. 안 해주면 직접 미국까지 찾아가서 보겠다는 사람들. 회사를 통해서 영화에 후원하고 싶다는 사람들. 반응도 가지가지야.

**['패브리케이터' 세인트 리는 누구?]**

**[도재희, 미국에서도 '열일'. 드라마와 영화를 오가며 촬영 중.]**

덩달아 세인트 리의 삶이 국내에서 조명받았고, 내 스케줄이 명확하게 공개되었다.

촬영을 끝내고 전미 개봉만을 앞두고 있는 영화 하나.

조만간 공개될 드라마 하나.

차후, 전 세계에 공개될 한국인을 소재로 한 영화 하나.

-너 기다리고 있는 팬들이 엄청 많잖아.

"그런가요."

-다들 오웬 감독들이랑 동영상 주고받고 난 뒤에 소식 안 나와서 얼마나 궁금해했는데. 이제라도 공개해서 다행이지.

괜히 가슴이 뿌듯해진다. 한국에서 활동은 미미했지만, 아직 나를 기다리고 있는 팬들이 많이 있다.

하지만 섣불리 감정에 취하지는 말자. 아직 영화는 촬영에도 들어가지 않았고, 어떤 결과가 나타날지는 모른다.

내가 〈패브리케이터〉를 소화하는 것에 실패하면 지금 받았던 환영은 그대로 비난의 화살이 되어 날아올 것이다.

박찬익 팀장이 물었다.

-재익이한테 대충 전해 듣긴 했는데. 한국에는 언제 들어올 거야? 지장 없는 거 맞지?

"지금 스케줄 조정하고 있어요. APSA 시작하기 일주일 전에는 시간이 날 것 같아요."

아시아 태평양 스크린 어워즈 사회자. 그 외에 영화 〈7년의 기억〉 무대 인사도 예정되어 있다.

10월 한국 방문 일정은, 드라마에 출연하기도 전부터 잡힌 스케줄이라 뺄 수 없다.

〈데드 매니악〉에서도 이를 잘 인지하고 있고, 내 촬영 분량을 우선적으로 먼저 털어내기 위해 분주하게 찍고 있다.

그야말로 정신없는 스케줄의 연속.

박찬익 팀장이 새삼스럽다는 듯 말했다.

-진짜 톱스타 다됐네.

나는, 고개를 저으며 말했다.

"아직 멀었어요."

… 9장 …

# 선물 같은 영화(1)

10월. 한국에 돌아왔다.

올해 초에 찍어두었던 박진우 연출의 영화 〈7년의 기억〉이 극장 정식 개봉을 앞두고 있기 때문.

오늘은, 첫 시사회 겸 무대 인사로 기자들과 일반 관객들 앞에서 영화의 첫선을 보인다.

아주 오랜만에 한국 팬들과의 만남을 앞두고 있는 상황, 기분 좋은 긴장감을 숨길 수가 없다.

"준비하자."

"네."

끼긱.

서초동 OGV 시네마 하우스 앞에 차량이 정차했다.

까맣게 코팅된 창 너머로 인산인해의 사람들 그림자가 넘실거린다.

모두가 영화 〈7년의 기억〉을 보기 위해 찾은 영화팬.

차량 문이 열리기 직전, 재익이 형이 말했다.

"오늘, '끝장 형제들'팀 오는 거 알고 있지?"

"네."

"오는지 몰랐다는 연기만 잘 해줘. MC들 시사회 같이 참여하고, 질문 타임에 나올 거니까."

〈끝장 형제들〉, MKC 간판 예능 프로그램.

한국에 돌아와 딱히 예능에 출연할 생각은 없었지만, 이는 승낙했다. 딱히 많은 시간을 많이 투자하지 않으며, 프로그램 평판이 대중들에게 호의적이기 때문이다.

내용은 연말 시상식에 방영되며, 올해를 빛낸 인물들을 찾아다니며 '고생했다'고 상패를 건네주는 내용으로. 프로그램에서 뽑은 4인의 인물 중 한 사람으로 뽑혔다.

방송 컨셉은 나는 모르게 몰래 찾아온다는 내용이지만, 실제로 내가 모를 리가 없지. 모르는 척만 잘해 달라고.

"알겠어요."

"오케이, 가자."

재익이 형이 문을 열어젖혔다.

드르륵, 컹!

차량 문이 열리자 기자들의 셔터 세례와 함께 우레와 같은 함성이 들려왔다.

"꺄아아아아!"

"도재희! 도재희!"

재익이 형이 내게만 보이는 각도에서 미소 지었다.

"아이돌 저리 가라네."

수많은 팬들이 내 이름을 연호했다.

나와 팬들 사이를 가로막고 있는 레드라인이 걷히고, 포토존 앞으로 걸어갔다.

포토존에는 〈7년의 기억〉에서 내 누나 역을 맡았던 여배우 하윤과 설강식 선배님, 여호석 선배님, 박진우 연출이 자리하고 있었다.

"어서 와"

선배님들께 인사하고, 하윤과도 악수했다.

마지막으로 박진우 연출과 뜨겁게 끌어안았다.

그리고 우리 다섯 사람은, 기자와 팬들에게 손을 흔들며 웃어 보였다.

여호석 선배님이 웃는 얼굴로 손을 흔들며 내 쪽으로 곁눈질하시더니, 복화술이라도 하듯 말씀하셨다.

"어때? 어디가 더 좋아?"

미국와 한국 중 어디가 좋냐는 질문.

음, 한국은 집에 온 기분이고, 미국은 회사에 나가 있는 기분이다.

말해 뭐할까.

"지금이 너무 좋아요."

"흘흘, 그럴 줄 알았어."

포토타임이 간략하게 끝나고, OGV 시네마 하우스 안으로 들어섰다.

STAFF 목걸이를 건 남자가 우리를 VIP 대기룸으로 안내했고, 일반 관객과 기자들이 썰물 빠지듯 극장 안으로 이동하기 시작했다.

대중들의 눈에서 비교적 자유로워지자, 너도나도 내 주변으로 몰려들었다.

"오웬 형제가 정말로 도 배우님을 보고 영화를 결심했습니까?"

최근 공개된 기사에는 '패브리케이터를 찍어야겠다는 결정적 계기가 된 배우가 바로, 도재희'라는 문장이 있었다.

오웬 형제의 열렬한 팬인 박진우 연출에게는 궁금할 수밖에 없는 대목.

"네. 그렇게 말씀해 주시긴 하셨습니다만…… 저 기분 좋으라고 하신 말씀이라 생각합니다."

"정말…… 대단하네요."

박진우 연출은 어린아이처럼 순수하게 감탄을 보내더니, 설강식 선배님에게 말했다.

"제 말이 맞지 않습니까, 선배님? 재희 씨는 저만의 페르소나가 아니라는 말."

그러자 설강식 선배도 알겠다는 듯 말했다.

"그러게. 우려와는 다르게 잘 적응하고 있어서 다행이야."

"……."

응? 페르소나? 둘이 무슨 대화를 나눴는지는 몰라도, 칭찬인 것 같지?

그때, 조용히 듣고만 있던 하윤이 쑥스러운 얼굴로 내게 말했다.

"선배님. 지난번…… 팬 카페에서 LA갈 인원들 뽑을 때요."

"네? 아, 네."

"저도 그때 지원했었는데, 떨어졌거든요. 그래서 너무 아쉬웠어요."

"……아."

그랬지. 잠시 잊고 있었다. 하윤, 내 팬 카페 회원이었지.

"그래도, 오늘 선배님 봬서 너무 좋아요! 도졌다!"

하윤은 이번 영화 촬영을 계기로, 미니시리즈 데뷔를 코앞에 두고 있다. 아직은 조연이지만, 이 영화가 그녀의 등 뒤에 날개가 될 것이다.

"선배님! 시사회 기념으로 사진 한 장 찍어도 될까요!"

"그럼요."

가끔 헷갈린다. 내 팬인지, 함께 출연한 여배우인지.

셀프 카메라에 우리 얼굴이 보였고, 찰칵 소리와 동시에 VIP룸의 문이 열렸다.

"배우님들! 시사회 시작하겠습니다."

한시도 눈을 뗄 수 없는 스릴러이자, 한 인간의 미워할 수 없는 드라마틱한 복수극.

〈7년의 기억〉은 관객들의 기립박수를 끌어냈고, 평론가들에게 극찬을 받았다.

상영이 끝나고, 영화가 주는 열기가 채 가시지 않는 극장에서 진행된 관객 GV(관객과의 대화)에서 어느 기자가 내게 물었다.

"도재희 배우님! 영화, 몇만이나 예상하십니까?"

몇만이나 예상하냐고.

통쾌한 사이다. 적절한 신파. 무거운 공기를 가볍게 풀어내는 시원시원한 액션까지.

흥행할 수 있는 공식은 모두 들어 있는 영화다.

박진우 연출이, 성공을 위해 작정하고 만든 영화.

천만, 그래 천만은 들어야 만족할 것 같다.

만약 <7년의 기억>이 천만을 터뜨린다면 박진우 연출은 단박에 '천만 감독'으로 급부상하게 될 것이고, 나는 <이선>에 이어 2연속 천만 배우가 될지도 모른다.

으음, 그거 좋은데.

하지만 나는 눈웃음 지으며 겸손을 표했다.

"가능하면 많았으면 좋겠습니다."

그러자 여호석 선배가 앞으로 나서며 마이크를 잡았다.

"물어 뭐해? 무조건 천만이지. 안 그래? 끌끌!"

"천만 좋지."

설강식 선배님까지 거들자, 나 역시 분위기에 편승해 큰 소리로 외쳤다.

"하하! 네. 천만 기원합니다!"

답변과 동시에 플래시가 터져 나오고 기자들이 너 나 할 것 없이 번쩍 손을 들어 올렸다.

사회자가 한 기자를 지목하자, 그 기자는 이번에도 내게 물었다.

"도재희 배우님! 향후 일정이 어떻게 되십니까? 할리우드 활동에 전념하실 계획이십니까!"

"도 배우님! 영화 '패브리케이터'는 어떤 영화입니까?"

"도재희 배우님!"

"……."

아아. 〈데드 매니악〉과 〈패브리케이터〉 때문일까.

관객 GV인데, 어째 내 기자회견이 된 같은 기분이다.

내가 예의 있게 미소 지으며 말했다.

"영화에 관한 질문만 받겠습니다. 개인 인터뷰는 따로 진행할게요."

그러자 기자들이 풀죽은 얼굴로 너 나 할 것 없이 손을 내렸고, 내가 입을 열었다.

"일반 관객분들 질문을 받아볼까요?"

이 말은, 약속된 말이다.

사회자와 〈끝장 형제들〉팀. 그리고 〈7년의 기억〉 팀만의 약속. 슬금슬금, 숨어 있던 VJ들이 모습을 드러내고, 객석 뒤편에서 비명 소리가 터져 나왔다.

"꺄아아!"

"한세혁!"

예능인 중 매년 브랜드 평판 1위를 놓치지 않는 국민 MC 한세혁이 모습을 드러내고, MC 패널들이 단체로 몰려들었다.

객석은 뒤집혔고 기자들은 카메라 앵글을 뒤로 돌렸다.

"한세혁이? 여길?"

"끝장 형제들 팀인가?"

VJ들이 무대 단상 앞으로 몰려들었고, 나와 〈7년의 기억〉팀은 아무것도 몰랐다는 어리둥절한 표정을 지어 보였다.

"세상에……."

이 모든 상황을 진즉부터 알고 있던 박진우 연출이 능청스럽게 놀란 연기를 선보였는데, 이를 본 여호석 선배님이 빵! 터지셨다.

"크하하! 똑바로 해. 박 감독."

"……흠흠. 어색했나요?"

하하, 감독님은 역시 연기 말고 연출이 제일 잘 어울려요.

분위기는 좋다. 객석 반응은 때아닌 예능 군단의 깜짝 출연에 자지러질 듯 기뻐했고, 기자들은 먹잇감을 놓치지 않는 맹수의 눈으로 우리를 둘러싸 노트북을 두드릴 준비를 마쳤다.

이들이 영화 시사회장에 왜 왔을까?

모두가 궁금해하는 순간, 국민MC 한세혁이 무대로 올라와 내게 말했다.

"많이 놀라셨죠?"

나는, 얼떨떨한 심정을 감추지 못한 채 말했다.

"예, 예……."

"축하드립니다! '끝장 형제들'이 뽑은 올해를 빛낸 인물에 뽑히셨습니다!"

패널들이 박수를 유도했고, 객석에서 물개 같은 박수가 터져 나왔다.

그리고 나는.

"하아?"

입을 쩍! 벌렸다.

"에, 정말요?"

그러자 박진우 연출이 흐뭇한 얼굴로 고개를 끄덕였다.

마치, '그래! 저거지!'라고 말하는 듯했다.

흠흠, 감독님.

연기는 이렇게 하는 거라고요.

시사회가 끝나고, VIP룸에서 진행된 〈끝장 형제들〉 촬영.

예능 촬영은 아무래도 익숙하지 않다.

미리 협의된 '대본'이 있기는 하지만, 머릿속에 꽉 들어 차 있는 '콘티'대로 촬영하는 것이 아니라 '즉흥'적인 경우가 많기 때문이다.

하지만 이는, 내가 무언가 '만들어야' 하는 입장일 경우에나 그렇다.

그 누구보다 내 예능 섭외를 원한 쪽은 방송국 쪽이고 나는 들어오는 예능 중, 한두 개를 적당히 골라내기만 하면 되는 입장.

국민 MC 한세혁은 능수능란하게 촬영 분위기를 지휘하며 내게 곤란한 질문은 애초에 차단했고. 내 '위주'로 방송 분위기를 주도했다.

대본에는.

"이번에 영화 시사회를 다녀왔거든요. 역시, 도재희라는 말이 절로 나올 수밖에 없었어요. 그렇죠? 이 방송이 나갈 때쯤이면 극장 최종 스코어가 나왔겠네요. 아까 천만 예상하셨죠?"

"하하, 네. 바람입니다."

"지금 촬영이 10월 중순이거든요. 아직 개봉하기도 전입니다. 시청자 여러분들. 저 한세혁이 〈7년의 기억〉 성적을 예상해 봅니다. 1,000만! 무조건 넘는다고 봅니다."

"천만 못 넘으면 제가 한 말 편집해주세요. 하하."

이런, 가벼운 영화 이야기와 근황 토크부터.

"게라드 쇼에서 우리, 재희 배우님이 하셨던 말씀이 화제가 되었잖아요. 그 뒤로 '#Do' 운동으로도 이어졌고. 어떻게 보시나요? 문제점들이 많이 개선되었나요?"

제법 중요하면서 무거운 질문들도 다수 포함되었다.

어찌 보면 당연한 이야기다.

〈게라드 쇼〉와 SNS를 통해 유색 배우들의 뜨거운 지지를 얻어내었다는 점과 할리우드에서 쉬지 않고 활동을 이어가는 점 때문에 이들이 나를 찾아왔으니까.

"아직 가시적인 성과는 없지만, 차차 바뀌리라 믿습니다."

"할리우드에 처음으로 진출한 배우는 임명한 선생님으로 알고 있습니다만…… 도재희 배우님을 보면, 이런 느낌이 들어요. 혼자 외롭게 할리우드에서 싸우고 계시는 느낌. 길을 닦고 있는 느낌이요."

"……."

그렇게 봐주면, 고맙지만 모든 사건과 작품에는 지극히 내 개인적인 성공이 중심에 있다.

물론, 내 성공을 말미암아 제2, 제3의 경우가 나올 수 있다면 더욱 좋을 것이고.

"실제 할리우드 생활은 어떤가요? 소문으로는 커다란 캠핑 트레일러 두 대를 연결해서 쓴다고 들었는데."

한세혁의 질문에 내가 쓰게 웃었다.

할리우드가 어떻냐고. 으음, 모르긴 몰라도.

"전쟁터죠."

보이지 않는 칼이 쉴 새 없이 오가는 곳.

내가 할리우드에 던진, '칼의 힘'도 적지 않다.

아니, 무시무시하지.

한세혁이 조심스럽게 물었다.

"음, 괜찮으시다면 '게라드 쇼' 이후에 일어났던 #Do에 대해 얘기해 볼까 합니다."

전쟁터를 방불케 하는 곳, 할리우드.

〈게라드 쇼〉의 진행자 게라드 윌리엄 주니어가, 존 미켈이라는 스타의 바짓가랑이를 붙잡고 나락으로 끌어내리는 것을 시작으로 〈게라드 쇼〉 이후 #Do 운동은 일부 인종차별을 일삼는 배우들을 고발하는 형식으로도 번졌다.

몇몇 감독이 논란을 일으켰고 진행 중이던 영화가 엎어지는 경우도 있었다.

그 뒤로 겉으로 드러나는 차별은 크게 보이지 않는 듯했지만 뭐, 얼마나 변할지는 앞으로 지켜봐야 알겠지.

〈게라드 쇼〉 이후에 결정적으로 변한 것은 딱 하나 있다.

내 인지도.

나는 〈7년의 기억〉 무대 인사 스케줄을 소화하며 하루를 통으로 비워 홍콩으로 향했다.

APSA의 개막식 사회자를 맡았기 때문이다.

APSA. 아시아권 영화와 영화인을 대상으로 하는, 아시아 별들의 잔치. 그곳에서 만난.

"재희?"

"오! 도재희!"

중국, 홍콩, 일본, 필리핀, 대만 등등. 아시아를 대표하는 스타들.

"사회자로 재희가 온다더니, 정말이었어?"

"'게라드 쇼' 봤어요! 여기서 보게 되다니! 정말 팬입니다."

〈게라드 쇼〉를 통해, 이들이 하고 싶어 했던 말을 대신 해준 나는, APSA에 참석한 영화인들 사이에서 이미 스타였다.

"사진 한 장 찍을 수 있을까요?"

"저도요!"

일본의 유명 여배우도. 홍콩을 대표하는 액션 배우도. 대만 특유의 말랑말랑한 고교 감성으로 한국 극장가를 휩쓴 흥행작의 주인공들도.

"사인 한 장 부탁드려도 될까요?"

모두가 나를 알아보며, 사진을 요청했고, 종국에는 사인까지 요청하는 배우도 있었다. 그럴 때마다 나는 쑥스러운 얼굴로 마카 펜을 들어 올렸다.

이것 참, 쑥스럽게.

그때.

"재희!"

"어……? 안녕하세요."

나와 개인적인 안면이 있는 배우가 한 명 다가왔다.

"저 알아보시겠어요?"

할리우드 음악영화 〈아다지오〉 오디션에서 탈락의 쓴맛을 보았던 홍콩 배우 '라이킨 방'이었다. 홍콩에서 열리는 영화제라, 여기에서 만날지도 모르겠다는 생각을 하긴 했는데. 역시.

"물론이죠. 잘 지내셨죠?"

"네. 재희가 그 오디션에 붙었다는 소식은 나중에나 들었어요. 그 음악 영화 촬영은 잘 끝났겠죠?"

"네. 무사히 끝났습니다."

나는 일전의 일을 떠올렸다.

이 남자. '이 오디션에 내정자가 있었어요! 빌어먹을!' 이렇게 말하며, LA 오디션장을 박차고 떠났었지.

의도치는 않았지만, 내가 그 '내정자'가 되어버렸고.

음, 이거 괜히 미안해지는데.

라이킨 방 역시 이를 의식했는지 손사래 치며 말했다.

"그때는 조금 충격적이었지만. 지금은 저 대신, 재희가 붙어서 다행이라고 생각합니다. 그 덕분에 '게라드 쇼'에 나가 시원하게 한마디 해줬잖아요. 아마, 저라면 못 했을 거예요."

"이해해 주셔서 감사합니다."

"그런데, 오늘 그 사람도 오는 게 정말인가요?"

"누구요?"

"그 일본인 가수요. 이름이……."

나는 고개를 끄덕였다.

"미야모토 료."

일본 락 밴드. '초코 버스터'의 보컬, 나와 함께 음악영화 <아다지오> 오디션을 보았던 일본인 뮤지션. 미야모토 료도 APSA 개막식 특별 공연을 위해 이 자리에 참석한다.

"음, 어쩌다 보니 얼굴 마주치면 불편한 사람들이 이렇게 한 자리에 모였군요."

"……."

라이킨 방의 말대로, 얼굴을 부딪치면 꽤나 불편한 사이다. 누군가는 합격의 기쁨을 맛보았고. 누군가는 떨어졌으니까.

아마, 오디션이 끝난 뒤 나에 대해 뒤에서 실컷 욕을 했을지도 모르는 일이다.

하지만 어쩌겠는가? 이미 진즉에 끝난 싸움인데.

"분풀이를 하지는 않겠죠?"

"그럴 리가요. 애도 아니고."

말은 이렇게 했지만, 긴장감을 숨기지 못했다.

미야모토 료의 공연팀이 등장했기 때문이다.

기자들이 일순간 몰려들어 자극적인 질문들을 쏟아냈다.

그러자 미야모토 료가 나를 바라보았다.

시선이 오가는 것도 잠시.

"괜찮으시면 간단하게 리허설 한 번 하겠습니다."

"아, 네."

영화제 진행팀의 설명에 나는 발걸음을 옮겼다.

개막식 리허설을 위해 중국 여배우 '연쯔이'와 함께 무대 단상 위에서 마이크를 잡았다.

리허설일 뿐이지만, 긴장감이 몸을 차갑게 집어삼킨다.

나를 바라보는 수백 수천여 명의 사람들의 눈빛에서 일종의 '기대감'을 보았기 때문이다.

"개막식 행사를 시작하겠습니다."

"멋지다!"

한 대만 여배우가 유창한 영어로 내 이름을 부르며 환호했고 박수갈채가 터져 나왔다.

중국 여신이라 불리는 연쯔이와는 처음 만났지만 제법 찰떡같은 호흡을 자랑했고 레드카펫 행사. 홍콩 영화 거장의 별세 10주기 회고행사. 개막식 특별 공연들의 진행 순서를 확인하고 차례, 차례 리허설을 진행했다.

드디어 마지막 차례.

"다음은, 영화제를 축하해 주기 위해 일본에서 날아온 미야모토 료의 초코버스터 공연이 있겠습니다."

개막식 특별행사 마지막 무대.

미야모토 료가 서 있는 무대 중앙에 조명이 들어왔다. 그는 마이크 높이를 조절하더니, 내 쪽을 바라보았고 순간, 나와 눈이 마주쳤다.

"……."

짙은 스모키 화장 뒤로 적대감인지 뭔지 모르는 기묘한 눈빛이 오갔다.

그러던 중 돌연, 미야모토 료가 내게서 시선을 거두더니 마이크에 대고 말했다.

"노래 들어가기 전에, 멘트를 하나 추가하고 싶은데요."

본 무대에 들어가기 전, 공연에 대한 모든 약속을 정하는 것이 리허설이 가지는 본 의미다.

미야모토 료가 '멘트'를 추가하고 싶다는 말에 진행 팀이 앞다투어 몰려들었다.

"멘트를 추가하시겠다고요? 어떤 멘트인가요?"

"말씀해 주세요."

그러자 미야모토 료가 나를 노려보며 무덤덤하게 말했다.

"이 노래를, 아시아 영화인들에게 바칩니다."

"……."

미야모토 료가 부르는 노래의 제목은 'Respect(존경)'이었고.

"우리들이 우리의 권리를 올바로 찾을 수 있기를."

그는 오히려 적대감이 아니라 내게 암묵적인 존경심을 담아 보냈다.

"어라."

재익이 형의 눈이 동그랗게 변했고, 주변이 술렁거리기 시작했다.

이거, 의외인데.

나는 미야모토 료의 리허설이 끝나자마자 진행 팀을 향해 손을 들고 말했다.

"저도 한마디 덧붙일게요."

화답해 줘야지.

"아, 말씀하세요."

나는 기대감에 가득 찬 수많은 아시아 배우들을 바라보며 말했다.

"이렇게 좋은 영화들이 많습니다. 부디, 전 세계 사람들에게 더욱 많이 알려졌으면 좋겠습니다."

아시아 태평양 스크린 어워드. 아시아인들을 위한 영화제.

우리들만의 축제.

"기왕이면 할리우드에서요."

그 중심에서 태평양 건너 머나먼 곳에 있는 백인들의 시장을 정조준한다.

"도재희! 도재희!"

어눌한 한국어 발음으로 나를 환호하는 사람들을 향해 웃어 보였다.

그래. 그 시작은, 나다.

홍콩에서 성대하게 치러진 APSA 개막식 영상은 국내에도 공개되었다.

내가 한국에 도착하기 전부터 이미 내 개막식 영상은 화제였고 이러한 내 행보는, 영화 〈7년의 기억〉이 정식 극장 개봉에 그대로 직격타를 먹였다.

들불처럼 번지는 흥행에 흥행!

**[연일 찬사! 역대 흥행 기록을 모두 갈아 치우고 있는 영화 〈7년의 기억〉! 개봉 첫 주 만에 400만 돌파!]**

**[주말 사이, 〈7년의 기억〉 600만 돌파 가능할까?]**

**[500만 역대 최단 기록을 경신하고 있는 한국 영화의 오늘]**

**[할리우드산 히어로 영화 〈윈드 러너〉. 박진우 × 도재희 〈7년의 기억〉에 밀려나 고전 중]**

**[치솟는 주가, 도재희 국내 차기작에 관심 집중!]**

영화 〈7년의 기억〉은 순풍에 돛단 듯 극장가를 점령해 가기 시작했다.

한국에 체류한 일주일가량의 시간 동안, 내가 최종적으로 확인한 수치만 600만이다. 아직, 극장 상영일은 3주가량 남았다.

"천만? 우습지."

애초에 내가 기원했던 천만은 우스운 수치가 되어버렸고.

총 예상 스코어는 최소 1,200만 이상.

"아냐, 역대 흥행 기록을 갈아치우고 있잖아. 평가도 나쁘지 않고, 뒷심만 좀 받쳐주면 1위 자리도 문제없지. 1위가 몇이야? 1,900만인가?"

"가능해요. 저, 벌써 극장에서 세 번 봤거든요. 크하하!"

"나도 야! 내일 딸내미랑 또 보러 갈 거라고. 으흐흐!"

내가 미국으로 돌아가기 하루 전날 헤드급들이 모인 회식 자리에서도 마찬가지였다.

박진우 감독의 영화사 〈너울〉과 L&K엔터는 웃음이 끊이질 않았다.

이무택 대표가 껄껄거리며 말했다.

"홈런을 쳐도, 너무 멀리 쳐버린 거야. 이거 이제 다른 감독들 부담스러워서 작품 내밀 수 있겠냐고. 오히려 일거리가 줄어들걸?"

"응? 어째서요?"

"찍었다 하면 천만이라고. 벌써, 2연속이야. 어중이떠중이들은 쳐다도 못 보겠지."

"에이, 오히려 성가신 파리들이 더 꾀어오르겠죠. 그런 어쭙

잖은 시나리오 가지고도 천만 찍을 수 있다고 호언장담하며 투자자들 주머니 열 궁리만 하겠죠. 재희만 섭외하면 투자자들이 줄을 설 테니까."

한동안 이무택 대표와 박찬익 팀장이 기분 좋은 설전을 벌였다.

"아니라니까."

"맞을걸요?"

"으하하!"

박진우 연출과 권우철 대표, 그리고 나는 그저 옆에서 이를 즐겼다.

한참을 조용히 듣던 권우철 대표가 이를 정리하듯 말했다.

"자자, 무의미한 얘기 그만 해요. 여기 모인 사람들, 다들 알잖아요? 어차피 재희가 그런 '어중이떠중이'는 쳐다도 안 볼 거라는 걸."

그러자 이무택 대표가 턱을 쓰다듬으며 고개를 끄덕였다.

"으음, 그건 그렇지. 재희가 작품 보는 눈 하나는 타고났지. 재희야, 너 은퇴하면 나랑 회사 하나 하자."

"은퇴라니, 이제 시작인 애한테 그 무슨 저주를."

"퉤퉤, 은퇴는 내 실수다. 영원히 함께하자! 으하하! 그런데, 아무리 생각해도 그 재주가 너무 아깝잖아. 아니지? 꼭 은퇴 안 해도 되잖아. 재희야. 저것 좀 봐줘라."

이무택 대표가 생각났다는 듯 손가락을 딱딱 튕겼다. 그러자 박찬익 팀장이 "아!" 하고 소리치며 가방에서 시놉시스와 책 대본 몇 개를 꺼내 들었다.

그리고 내게 건네주었다.

"재희야, 이번에 네 후배들 들어갈 작품인데. 하나 골라줘."

"네?"

"조건은 다 비슷해. 재미도 비슷비슷하고. 요즘 영화들. 에이, 눈에 확 띄는 게 없다니까."

"……으음."

"그런데도 이 중에서 흥행작 하나가 튀어나오겠지? 그냥 눈 감고 꾹 하나 찍어주기만 하면 돼."

나는 책을 받아들고 휘리릭 넘기는 척 훑어보았다.

그래. 보인다, 보여.

박찬익 팀장 말대로, 세 작품 성적은 다 비슷비슷하다.

"다 별론데요. 그냥 되는 거 시키세요."

그리고 장난스럽게 웃으며 소주잔을 입에 털어 넣었다.

권우철 대표가 덩달아 웃었다.

"그래. 아무거나 하면 되지. 지금 그게 중요한 게 아니잖아요. 형님?"

"아, 그렇지, 그렇지. 이게 중요한 게 아니지. 에이, 이딴 거 아무나 하라 그래. 이것들보다 재희 차기작이 더 중요하지."

이무택 대표가 짐짓 진지한 얼굴로 내게 물었다.

"지금 미국에서 충분히 바쁘잖아. 그래서 말인데 재희야. 이제 한국 생활 싹 청산하고 미국에 올인할 생각이냐?"

내 차기작 계획에 대해.

"……."

나는, 의미심장한 얼굴로 웃어주었다.

"아뇨."

내 커리어를 돌아보게 되는 순간이다.

지금이야, 할리우드를 메인으로 활동하고 있지만. 그곳에서 나는, 신인 배우이고 한국에서의 내 커리어는 아직 최정상에 닿지 못했다.

내 위로 여전히 건재한 괴물들이 모여 있고, 천만 배우라는 타이틀을 가진 배우는 열 손가락으로 꼽지도 못할 만큼 많다.

이들 모두를 이겨 먹어야 한다는 못된 심보.

뭐, 그래야 한다는 법은 없지만 기왕이면 정점에 올라서 보는 것은 어떤 기분일까 궁금해진다.

'대세', '2연속 천만 배우?', '최고의 상승세.'

여러 가지 호칭이 내 앞에 붙고.

**[충무로 접수하고 할리우드로 떠난 도재희.]**

혹자는 이런 기사를 메인 타이틀로 걸어 내보내기도 했지만, 내게는 만족스러운 성적이 아니다.

'조금 더!'

욕심이 생긴다. 기왕이면, 최고의 자리에서 확실히 떠나고 싶은 욕심.

"한국에서 한 작품 더 할까 봐요."

"정말?"

"네."

"왜? 미국에서 일 계속 들어올 것 같은데? 완전히 알 박아버려야지."

할리우드에서 내 인지도는 단순한 '외국인 용병'이 아니다.

아메리칸 드림을 품고 미국에 온, 엄연한 할리우드 배우다. 일거리는 계속해서 들어올 것이고, 이런 의문은 자연스러운 의문이다.

하지만, 권우철 대표는 흐뭇하게 웃음 지었다.

"그것도 좋지. 오히려 할리우드 쪽 애타게 만들 수도 있고."

"……아."

박찬익 팀장이 이해했다는 듯, 침을 삼켰다.

"그렇네요. '데드 매니악' 촬영 분위기 좋다면서요. 재희 한국에서 작품 들어가 있으면 시즌2 재계약 문제로 안달 나겠는데요?"

"맞아. 또 어차피 영화 개봉까지 걸리는 공백기 생각하면. 한국에서 작품 해도 남는 장사지."

L&K와 UAA에이전트에서 할리우드 제작사들과 벌일 정치적인 문제, 이런 복잡한 문제는 관심 없다.

내가 관심 있는 것은 <7년의 기억>으로 바짝 띄어놓은 한국 인지도. 그 최정상을 향한 굳히기다.

어지간해서는 절대 깨지지 않을 완벽한 흥행 스코어.

3연속 천만. 거기에 한국에서 본 적 없는 수준의 역대급 개런티까지.

"한국에서 하면 최고 조건으로 작업 할 수 있죠. 뭐, 지금도 거의 최상급이기는 하지만."

"한 10억 불러버릴까?"

"과하긴 하지만…… 한국 시장 개런티도 슬슬 최신화해야지."

"우리가 먼저 개런티 말 안 하고 할 듯 안 할 듯 적당히 애간장만 태우잖아요? 그럼 20억도 받아낼 수 있을걸요."

"너무 하잖아. 20억이라니……!"

"재희잖아요. 찍었다 하면 대박. 보세요. 7년의 기억이 정말로 최고 흥행 기록 갈아치우면, 다음 차기작 얼마로 콜 들어오는지. 모르긴 몰라도 백지일걸요?"

"하긴, 벌써부터 백지 건네는 영화사도 허다해. 제발 스케줄 하나만 비워달라고. 돈은 얼마든지 주겠다고.”

나는 술잔을 비우며 손사래 쳤다.

자자, 설레발은 그만하시고.

“일단, 나중에 작품이나 천천히 훑어나 볼게요. 우선 진행하던 촬영부터 마치고.”

그래. 아직, 내 한국 활동은 끝나지 않았다.

“형, 요 앞에 세워주세요.”

“응? 집으로 바로 안 들어가고?”

“네. 좀 걷고 싶어서요.”

“그럼 같이 가자.”

“괜찮아요. 집 앞인데요, 뭘. 그리고 새벽이라 저 알아보는 사람도 없어요.”

나는 무작정 차에서 내려, 재익이 형에게 손을 흔들었다.

“얼른 들어가요. 얼마 주무시지도 못할 텐데.”

회식이 끝난 새벽. 몇 시간 후에는 LA로 향하는 비행기에 몸을 싣는다. 그전에 나는 한국의 새벽 공기를 마음껏 들이마시고 싶었다.

“……”

음, 그래. 솔직하게는 술이 좀 깨고 싶다.

어머니는 또 안 주무시고 계실 게 뻔하니까.

아주 알싸하게 취했다.

혀도 적당히 꼬이고, 다리에 힘도 노곤하게 풀렸다. 눈꺼풀은 반쯤 덮였지만 정신만큼은 멀쩡하다.

휘청, 휘청! 사당동 본가로 향하는 골목을 걸어 올라갔다.

그러다 불 켜진 편의점에 들어가 숙취해소음료를 하나 샀다.

"5,000원이요."

아르바이트생은 나를 향해 눈을 가늘게 떴으나, '에이 설마' 하는 심정으로 바코드를 찍어주었다.

으응, 저 도재희 맞아요오오.

딸깍.

뚜껑을 열어 그대로 속으로 들이부었다.

"크으!"

갑갑했던 속이 시원하게 뚫리는 기분이다. 그제야 술이 화르륵 깨며 쌀쌀한 새벽의 가을바람이 카디건 속을 후벼 판다.

"으으."

곧장 집으로 걸었다.

거실에는 어머니가 아주 부드러운 얼굴로 앉아계셨다.

"왔어?"

TV는 켜져 있었지만, 광고만 흘러나왔다. 아무래도 TV를 보고 계신 것 같지는 않다.

"오래 기다리셨어요? 주무시지 않고."

"이제 자야지. 얼른, 들어가서 자."

"……네."

"씻고 자. 네 아빠처럼 술 취했다고 그냥 자지 말고."

"그럴게요."

부르릉.

창밖에서는 차 시동 걸리는 소리가 들려오더니, 이내 익숙한 배기음을 뿜어내며 동네를 빠져나갔다.

재익이 형이다. 집에 들어가라니까, 끝까지 나를 따라온 재익이 형.

"어머니."

내 부름에 어머니가 발걸음을 멈춰 세웠다.

"왜?"

"집 이사 갈까요? 더 좋은 집으로."

그러자 어머니가 웃으셨다.

"푸흡, 왜? 아예 미국에 가자고 하지그래?"

"그러시면 더 좋고요."

어머니는 말없이 고개를 저으셨다.

"아이고, 됐네요. 아들은 아들 하고 싶은 거 하면서 살아. 나는 여기서도 충분히 행복하니까."

"……."

그러고는 곧장 방으로 들어가셨다.

으음. 어머니답다고나 할까.

나는 콧등을 긁적이며 시선을 돌렸다.

주방에서는 북엇국 냄새가 코를 찌른다. 딱히 체중관리를 받지는 않지만, 체중 조절을 스스로 해오던 나다.

하지만, 이건 먹어야지.

북엇국에 따끈한 흰 쌀밥에 말아 부엌 테이블에 앉았다. 그리고 입에 밀어 넣었다.

"앗, 뜨거."

문득 파노라마처럼 지난날이 스쳐 지나간다.

처음에는 단순히 작품에 들어가고 싶었고.

두 번째는, 배우로 성공하고 싶었다.

이 소박했던 꿈이 한 작품을 끝날 때마다 조금씩 커지더니, 급기야 너무 커져 버렸다.

**[APSA에서 최고의 환대를 받은 영화인!]**

**[아시아 배우들 기대감을 짊어진 도재희. 할리우드 삼킬까.]**

더 이상, 혼자만의 싸움이 아니게 되었달까.

나도 이 끝을 모르겠다.

지금 내 최종 목표인 오스카를 달성하고 한국에 다시 돌아올 때면, 이런 내 욕심도 끝이 날까.

……아니겠지. 뭐, 그건 그때 가서 생각하지 뭐.

머릿속을 어지럽히던 상념들이 흩날리며 공기 중으로 흩어지더니, 아주 뜬금없는 구체 하나를 만들어냈다.

왜, 잡생각을 하다 보면 가끔 번뜩이는 아이디어나, 결심이 서는 것처럼.

다음에 내가 한국에서 할 작품이 뭐가 될지는 모르겠지만.

이거 하나는 확실히 다짐했다.

지금 입에 넣고 있는 이 북엇국 같은 영화를 해보자고.

다시 숟가락을 들어 올렸다.

"앗, 뜨거."

이거, 왜 이렇게 뜨거운 거야.

"……."

그래. 이렇게 아주 뜨거운 영화를.

밤새 많은 고민을 했다. 어떤 작품을 해야 한국에서 누구도 따라오지 못하는 족적을 남길 수가 있을까.

내가 찾는 북엇국같은 뜨거운 영화는 뭘까.

그 고민의 해답은, 의외로 명쾌한 구석이 있었다.

미국으로 출국하는 날. 공항으로 향하는 차 안.

나는 아주 조심스럽게 말 한마디를 던졌다.

"저, 글 한번 써볼까요."

그러자 내 옆에 앉아 있던 영미 씨가 심드렁하게 대꾸했다.

"네? 그게 무슨 말이에요? 갑자기?"

"글이요. 책."

"무슨 책? 자서전 같은 거요?"

자서전이라는 말에 재익이 형과 조수석에 앉아 있던 박찬익 팀장이 뒤를 돌아보았다.

"자서전 쓰게? 작가 알아봐 줘?"

"에이, 자서전은 무슨 자서전이에요. 제 나이가 몇 살인데."

"으음. 그런가? 그럼 무슨 글을 쓴다는 거야?"

나는 콧등을 긁적이며 말했다.

"시나리오."

"……응?"

"영화 시나리오."

"올, 오빠 감독 데뷔하려고요?"

"대에박. 감독도 도전?!"

밤새 고민했다. 내 능력이라면, 남이 써놓은 글에 대한 성적이 아니라 내가 쓴 글의 완성도를 실시간으로 확인해 볼 수 있지 않을까.

그렇게 뜯어고치듯 최고의 작품을 직접 내 손으로 만들어 내어 나를 좋아하는 스탭들과 함께 최상의 영화를 찍어볼 수 있지 않을까.

오스카를 위해 할리우드에 올인하기 전, 한국에 나름대로 기념비를 세우는 거지.

내가 만들고, 내가 연기하는 영화를 통해 한국에서 전무후무한 기록을 세워보는 것. 이거, 욕심인가?

"으음."

내 제안이 조금 뜬금없었는지, 박찬익 팀장이 말을 천천히 골라내며 말했고, 재익이 형이 대꾸했다.

"그런 배우들 많기는 하지. 그렇지?"

"그렇죠. 작가들은 나중에 결국 뭐해요? 후배들 데리고 출판사 차리고. 가수는 결국 엔터 차리고. 배우도 감독하려는 사람 많죠. 실제로 성공한 사례도 많잖아요."

"그렇지. 근데 한국에서는 반응이 조금 미지근하지 않았나? 연출은 워낙 천부적인 영역이니까. 연기 잘한다고 연출 잘하는 건 아니잖아."

"외국엔 많아요. 둘 다 잘하는 사람들."

"그건 그렇지만……. 재희는 원래 이런 쪽에 관심 있었어?"

박찬익 팀장이 내게 물었다.

"써둔 글은 있는 거야?"

나는 고개를 저었다.

"아뇨."

"그래? 그럼, 쓰고 싶은 이야기는?"

"……없어요. 으음, 생각해 보니까…… 있어야 하겠죠?"

정확히는 '가족', '성장', '청춘' 정도의 코드를 떠올리긴 했지만. 어떻게 시작해야 할지 감도 오질 않는다.

벅벅. 머리를 긁적이며 푼수처럼 웃어버렸다.

"헤, 그냥 생각만 해봤어요."

"음…… 그래?"

박찬익 팀장은 상황을 정리하기 시작했다.

"써보는 거야 어렵지 않겠지. 미국 활동 중간중간에 써가려면 조금 피곤하겠지만…… 대본만 괜찮으면 진행해도 되지 않을까 싶은데?"

"네네."

"일단은 대표님께 말씀드려볼게."

박찬익 팀장은 전화기를 들더니, 곧바로 권우철 대표에게 전화를 걸었다.

"여보세요? 네, 대표님. 지금 재희 가요."

"……"

그렇게 한참을 통화하던 박찬익 팀장이 전화를 끊고 고개를 뒤로 돌렸다.

"대표님이 한 말씀 그대로 말해줄게."

"네."

"재희가 원하는 대로. 무조건 해."

"……."

역시 내게 무한 신뢰를 보내는구나.

"지원할 수 있는 건 모두 지원해 줄 테니까."

으음, 이거 너무 긍정적인데?

"크허허, 확실히 재희가 감독이랑 배우 겸하면서 영화 만든다고 하면 투자자들 난리 나겠네."

"난리만 나겠어요? 기자들 벌써부터 얼마나 시끌시끌할지 상상되는데요? 거기다 흥행까지 해버리면……."

"어우야, 상상만 해도 어깨에 힘 들어간다. 하하! 근데 갑자기 연출이 하고 싶은 이유가 뭐야?"

"……글쎄요. 어제 새벽에 북엇국 먹다가?"

"뭐? 큭큭큭, 하여튼 독특하다니까."

"……."

음, 다른 걸 다 떠나서. 재미는 있을 것 같은데…….

무엇보다 동기부여도 확실하고.

나는 휴대폰을 들어 올렸다. 연락처에 저장되어 있는 수많은 감독과 제작PD. 하지만 나는 리스트를 빠르게 넘겼다.

역시, 조언을 구하기에는 이만한 사람이 없지.

또르르르르.

신호음이 세 번을 넘어가기 전에 받았다.

-아, 도 배우님.

"감독님, 바쁘세요?"

박진우 연출이 웃으며 말했다.

-에이, 누구 전화인데? 바빠도 받아야죠. 하하. 무슨 일입니까?

To Be Continued